Heike Köhler-Oswald Mörder lauf Galopp

**Heike Köhler-Oswald**, geboren 1966, wuchs glücklich in einem Plattenbau in Erfurt auf. Nach einer Lehre als Technische Zeichnerin arbeitete sie neun Jahre in diesem Beruf. Nach einer weiteren Ausbildung zur Technischen Illustratorin war sie zwölf Jahre lang als Verwaltungsangestellte am Lehrstuhl für Architektur an der Bauhaus-Universität Weimar tätig. Heike Köhler-Oswald lebt mit ihrer Familie, zwei Pferden und noch mehr Hunden, Katzen, Hühnern, Kaninchen und Gänsen auf einem alten Vierseithof. *Mörder lauf Galopp* ist ihr erster Kriminalroman.

Heike Köhler-Oswald

# Mörder lauf Galopp

Ein Thüringen-Krimi

Bild und Heimat

ISBN 978-3-95958-044-1

1. Auflage

Umschlaggestaltung: fuxbux, Berlin
Umschlagabbildung: iStock / Kerstin Waurick
Druck und Bindung: GGP Media GmbH, Pößneck

Ein Verlagsverzeichnis schicken wir Ihnen gern:
BEBUG mbH / Verlag Bild und Heimat
Alexanderstr. 1
10178 Berlin
Tel. 030 / 206 109 – 0

*www.bild-und-heimat.de*

*Der grimmig Tod mit seinem Pfeil*
*Tut nach dem Leben zielen,*
*Sein Bogen schießt er ab mit Eil*
*Und läßt mit sich nit spielen;*
*Das Leben schwind't*
*Wie Rauch im Wind,*
*Kein Fleisch mag ihm entrinnen,*
*Kein Gut noch Schatz*
*Beim Tod find't Platz:*
*Du mußt mit ihm von hinnen.*

*Paderborner Gesangbuch*, 1617

# Prolog

Leise schleicht er durch die Nacht. Der Riemen der Armbrust schneidet tief in seine Schulter. Er genießt den Schmerz beinah, erinnert er ihn doch an seine Mission.

Er ist ein Schatten, keiner kann ihn stoppen. Ein böses Grinsen huscht über sein Gesicht, hier hat er die Kontrolle über Leben und Tod. Getötet hat er zwar noch nicht, aber wer weiß schon, was die Zukunft für ihn noch bereithält. Ein Ast zerbricht mit leisem Knacken unter seinen Stiefeln. Es dröhnt ihm wie ein Gewehrschuss in den Ohren. Verdammt, er muss besser aufpassen. Krampfhaft versucht er, seine Wut in den Griff zu bekommen. Er hält die Luft an und zählt bis zehn, dann atmet er ein paar Mal tief ein und aus. Er wird ruhiger, kann sich wieder auf seine Umgebung konzentrieren und schleicht vorsichtig weiter.

Minuten später stoppt er abrupt und verharrt regungslos. Er kann sie hören. Das Adrenalin schießt ihm heiß in die Glieder und lässt sein Herz rasen. Sich jetzt ganz langsam zu bewegen, kostet ihn unheimlich viel Kraft und Selbstbeherrschung. Seine Hand gleitet vorsichtig zur Waffe. Alles bleibt ruhig vor ihm. Er starrt in die Nacht, und langsam lösen sich einzelne Formen aus der Dunkelheit. Er findet sein Ziel und visiert es an. Ganz flach atmet er nun, Schweißperlen laufen ihm den Rücken hinunter. Er drückt ab.

# 1. Kapitel

Versunken in den Anblick der Natur ritt Leonie auf schmalen Pfaden durch den Tautenburger Wald. Für sie gab es kein schöneres Geräusch als die Tritte ihrer Stute auf dem Waldboden und das Knacken der Äste unter den Hufen. Es dämmerte schon, und sie mussten sich eigentlich sputen, um nicht erst im Dunklen nach Hause zu kommen, aber Leonie hatte die Zügel locker in den Händen und überließ das Tempo ganz ihrer Stute. Schon oft waren sie so durch den Wald gestreift, den Weg suchte sich das Pferd allein, und Leonie verließ sich mittlerweile blind auf den Instinkt des Tieres. Ein wenig nagte das schlechte Gewissen an ihr, so kreuz und quer durch den Wald zu reiten war eigentlich verboten, aber es war eben auch ein ganz besonderes Gefühl von Abenteuer und Freiheit, nicht immer nur auf den langweiligen Wegen zu bleiben. Ab und zu gönnte sie sich diesen kleinen Kitzel.

Der Waldpfad war zu Ende und mündete in einen frisch geschotterten Waldweg, sehr zu Leonies Leidwesen. Ohne Hufeisen war das Laufen auf diesen Wegen für jedes Pferd eine Tortur, und ausgerechnet die Reitwege waren mit diesem Schotter aufgefüllt worden. Wie oft schon hatte sie sich darüber geärgert, aber die Wege, die durch den Holzeinschlag verwüstet worden waren, mussten wieder hergerichtet werden, und Schotter war wohl eine billige Alternative.

Ausgerechnet ein riesiger Holzlaster versperrte ihnen nun den Weg. Rechts und links vom Laster war dichtes Gestrüpp, da war kein Durchkommen, und sie mussten wohl oder übel warten, bis die Holzladung verstaut und der Lkw wegfahren würde. Leonie zückte ihren Fotoapparat und knipste zum Zeitvertreib ein paar Fotos von einem besonders knorpeligen Baum. Auch der Lkw und sein Fahrer gerieten ihr ins Visier. Besonders freundlich schaute der allerdings nicht, als er bemerkte, dass Leonie ihn fotografierte. Schnell steckte sie die Kamera in ihre Tasche und gab das Warten frustriert auf. Sie würde wohl wieder den Pfad zurück durch den Wald nehmen, auch wenn es bereits stockdunkel sein würde, ehe sie zu Hause ankamen, aber ihr Pferd kannte den Weg ja. Nur weg von diesem grimmigen Gesellen, der nun auch noch sein Führerhaus verließ und wütend auf sie zu stampfte. Leonie wartete nicht, bis der Grimm bei ihr war, sie wendete ihr Pferd und verschwand eilig im Wald. Ein deftiger Fluch hinter ihr begleitete ihre Flucht.

Der nächste Morgen war kalt und neblig, richtiges Novemberwetter. Leonie zog den Reißverschluss ihrer Jacke bis zum Hals zu. Sie stapfte in ihren Gummistiefeln durchs feuchte Gras. Sie atmete tief durch. Wie fast jeden Morgen blieb sie kurz stehen und genoss die Stille und den Anblick der friedlich grasenden Pferde. Mit leisem Schnauben wurde sie von ihren Pferden begrüßt. Und wie so oft dachte sie, was für ein Glück sie doch hatte, dieses Leben führen zu können. Das feuchte Stupsen eines Pferdemauls holte sie aus ihren Träumereien. Sie tätschelte ihrer Stute Lena den Hals und ihre Hand glitt weich über das dichte Fell. Plötzlich spürte sie etwas Feuchtes, Klebriges. Ruckartig zog sie die Hand zurück und starrte auf ihre blutigen Finger. Wo zum Teufel kam das Blut her?

Hektisch untersuchte sie die Stute nach Verletzungen. Die Wunde am Hals war klein, aber offensichtlich recht tief. Ein blutiges Rinnsal zog sich über den Hals hinab zur breiten Brust und das komplette Vorderbein hinunter. Auf der Schimmelstute ein recht furchteinflößender Anblick. Leonies Blick huschte über die anderen Pferde. Und da, am großen braunen Wallach Bruno entdeckte sie ebenfalls etwas. Beim Näherkommen erkannte sie, dass es sich um zwei Pfeile handelte, die tief im Pferd steckten. Ein lautes Knacken ließ sie zusammenfahren. War der Attentäter etwa noch da? Schnell schmiegte sie sich an den großen warmen Körper von Bruno und starrte in den Nebel. Panik kroch in ihr hoch. Die anderen Pferde strebten nun auf Leonie zu, da sie immer ein paar Leckereien in den Taschen hatte. Sie blickte sich ängstlich um, aber außer dem wabernden Nebel und den großen Pferdekörpern konnte sie nichts erkennen. Wo steckte dieses Schwein, das wehrlose Tiere quälte? Sie schluckte hart und schüttelte ihre Angst ab, sie musste sich um ihre Pferde kümmern.

Sie ging nun reihum und untersuchte ihre Tiere. Gott sei Dank waren keine weiteren Pferde angeschossen worden. Sie schnappte sich die beiden verletzten Tiere und machte sich auf den Heimweg. Die Koppeln lagen nicht direkt beim Hof, sondern waren um den kleinen Ort herum verteilt.

Zehn Minuten später schloss sie die Türen der Pferdeboxen und benachrichtigte die Tierärztin. Dr. Ringel versprach sofort zu kommen.

Wütend stürmte Leonie durchs Haus und riss Paulas Zimmertür energisch auf.

»Jemand hat auf meine Pferde geschossen. Du musst unbedingt etwas unternehmen«, rief sie aufgeregt. Erschrocken fuhr Paula aus dem Bett hoch. Sie wischte sich den Schlaf aus den Augen und starrte auf den Wecker.

»Ich hab mich erst vor zwei Stunden hingelegt«, murmelte sie schlaftrunken.

»Los, zieh dich an und komm runter, dann wirst du es ja selber sehen!« Leonie wartete nicht, bis Paula endlich wach war, sie rannte wieder aus dem Zimmer, um nach ihrem Fotoapparat zu suchen. Bevor die Tierärztin die Wunden versorgte, musste sie unbedingt Beweisfotos von dieser Schweinerei machen.

Auch ihrer Schwiegermutter Marlis Ritter und Oma Eri war die Aufregung nicht entgangen. Entsetzt standen sie vor den verletzten Pferden. Wenig später kam die Tierärztin.

Paula hatte sich aus dem Bett gequält und stand nun betreten bei der kleinen Gruppe und beobachtete Leonie. Ihr Gesicht war kalkweiß, und Paula legte besorgt einen Arm um ihre beste Freundin.

»Du siehst ganz grün aus. Willst du nicht lieber reingehen und einen Tee trinken?«, fragte sie leise.

Leonie schüttelte nur mit dem Kopf und schaute fragend zur Tierärztin.

»Das sind Pfeile von einer Armbrust. Zum Glück haben sie keinen großen Schaden angerichtet, aber das hätte auch böse ausgehen können«, meinte die Tierärztin kopfschüttelnd und fuhr aufgebracht fort: »Da haben wir seit Monaten einen Tierquäler in unserer Gegend und nix wird dagegen unternommen.«

Paula fühlte sich unbehaglich. Bestimmt wollte ihr die Ärztin einen Wink geben. Schließlich wusste Dr. Ringel, dass sie Polizistin war.

»Wieso seit Monaten? Gab es schon mal so einen Angriff?«, fragte Leonie aufgeregt.

»Angefangen hat es vor einigen Monaten. Da hat ein Mopedfahrer einen Schafzaun umgelegt und dann die Schafe bis zur Erschöpfung mit seinem Moped gejagt. Am Morgen lagen dann drei tote Schafe auf der Koppel und zwei weitere hatten sich ein Bein gebrochen.«

Mit weit aufgerissenen Augen starrten die Frauen die Tierärztin an.

»Ein paar Wochen später fand ein Bauer eine Jungkuh auf seiner Weide, die mehrere Messerstiche in Hals und Brust hatte«, fuhr die Ärztin fort. »Sie konnte gerade noch so gerettet werden. Und jetzt das hier. Wie gesagt, es hätte noch viel schlimmer kommen können.«

Vorsichtig reinigte Dr. Ringel die letzte Wunde an Bruno und drückte eine antiseptische Salbe in das Loch, das der Pfeil hinterlassen hatte. Bruno drehte seinen großen Kopf und schnüffelte an der Salbe. Der Geruch gefiel ihm wohl nicht, mit einem lauten Schnauben schüttelte er den Kopf und nahm dann gnädig ein Stück Möhre aus Leonies Hand.

»Du musst was machen. Vielleicht kommt der Kerl ja wieder und will sein Werk vollenden«, murmelte Leonie.

»Ich hab doch seit gestern Abend diesen neuen Fall«, antwortete Paula zögerlich. »Das hier ist ein Sachschaden, da kann ich im Moment nicht viel machen.« Paula wich dem wütenden Blick ihrer Freundin aus, indem sie sich umdrehte und zum Haus zurückging. »Ich sag dem Jan Bescheid. Der soll kommen und das hier aufnehmen«, rief sie Leonie über die Schulter zu und war auch schon im Haus verschwunden.

»Die spinnt wohl! Das werden wir ja sehen, ob man da nichts machen kann. Ich werde heute Abend im *Dorfkrug* eine Versammlung einberufen.« Mit diesen Worten wandte sich Leonie an ihre Schwiegermutter Marlis und an Oma Eri.

»Helft ihr mir dabei, die Leute zusammenzutrommeln?«

Oma Eri und Marlis nickten bedrückt.

»Und Sie kommen auch heute Abend und berichten von den anderen Tierquälereien?«, fragte sie die Tierärztin.

Auch diese sagte ihr Kommen zu und verabschiedete sich dann.

# 2. Kapitel

Das schlechte Gewissen nagte an Paula, als sie in der großen Küche nach dem Frühstück Ausschau hielt. An Schlaf war jetzt eh nicht mehr zu denken, und so konnte sie ihr Schlafdefizit vielleicht mit jeder Menge Rührei und Schinken ausgleichen? Ihre Nase hatte sie nicht getrogen. Auf dem Herd stand eine große Pfanne gefüllt mit der begehrten Speise. Paula schaufelte sich einen ordentlichen Berg auf einen Teller. Wenn ihr nicht dieser neue Fall dazwischengekommen wäre, dann hätte natürlich sie sich um den Tierquäler gekümmert.

Vor ein paar Monaten war Paula aus Jena zu Leonie nach Kleinroda auf den Bauernhof gezogen. Die kleine Pferdepension hatte Leonie mit ihrem verstorbenen Mann Felix aufgebaut. Vor drei Jahren war Felix dann tödlich mit dem Auto verunglückt. Leonie war bei ihrer Schwiegermutter Marlis und Oma Eri auf dem Hof geblieben. Paula war nach der Trennung von ihrem Mann Gernot zu Leonie nach Kleinroda geflüchtet. Sie hatte ihre Stelle als Kriminaloberkommissarin bei der Kripo Jena hingeschmissen und die freie Stelle beim Polizeiposten der Verwaltungsgemeinschaft Dornburg-Camburg angenommen. Seit über einem halben Jahr kümmerte sie sich nun als Dorfpolizistin um kleinere Delikte wie Diebstahl, Lärmbelästigung oder eben auch Tierquälerei. Umso ärgerlicher, dass sie ausgerechnet jetzt abkommandiert worden war. Wochenlang war hier nichts, aber auch gar nichts passiert. Hätte sie vor einiger Zeit nicht Polizeimeister Jan Weinreich zugeteilt bekommen, wäre sie bestimmt schon vor Langeweile gestorben. So hatte sie sich wenigstens um den neuen Kollegen kümmern können, hatte mit ihm die umliegenden Polizeiposten besucht und Erfahrungsaustausch betrieben. Jan war ein netter junger Mann, der gerade seinen Polizeimeister in der Tasche hatte und nun von ihr in die Realität des Polizeidienstes eingeführt werden sollte.

»Welcher Polizeidienst?«, murmelte Paula mit vollem Mund vor sich hin. Aber nein, da war ja auch noch Bauer Opel, der tagelang auf der Lauer gelegen hatte, um endlich diese Apfeldiebe an der Kreisstraße zu erwischen. Ihrer habhaft geworden, hielt er sie mit einer Mistgabel davon ab, einfach ins Auto zu steigen und wegzufahren. Vor lauter Panik hatten die Apfeldiebe selbst bei Paula angerufen. Nur schwer hatte Paula den aufgebrachten Bauern beruhigen können. Erst als sie mit einer Anzeige wegen Behinderung der Polizeiarbeit gedroht hatte, hatte Bauer Opel die Forke sinken lassen und die Apfeldiebe in Paulas Gewahrsam gegeben.

Und dann war da natürlich in schönster Regelmäßigkeit Oma Alma, die sich über einen Wäschedieb beschwerte. Nur konnte sich Paula beim besten Willen nicht vorstellen, wer Oma Almas Schlüpfer hätte stehen wollen, aber sie nahm die Anzeige jedes Mal auf und beruhigte Oma Alma, den Kerl schon noch zu erwischen. Sie hatte mit der Tochter der Fünfundachtzigjährigen gesprochen und von der Altersdemenz erfahren.

Als Tom dann gestern angerufen hatte, wäre sie ihm am liebsten um den Hals gefallen. Richtige Polizeiarbeit, genau das, was sie jetzt brauchte. Da sie im Polizeiposten nur einen Halbtagsjob machte, wurde sie ab und zu von ihren alten Kollegen der Polizeiinspektion Jena um Mithilfe gebeten. Da musste sich der Jan eben besonders engagiert mit dieser Tierquälerei befassen, beschloss Paula. Sonst würde Leonie tagelang bockig sein.

Kriminalkommissar Tom Gerlach, der wegen Holzdiebstahls

im großen Stil ermittelte, und die Aussicht, mal wieder wie in alten Zeiten mit ihm durch die Kneipen zu ziehen, hatten sie gestern nach Jena gelockt. Wegen der Holzdiebstähle wäre sie natürlich nicht die halbe Nacht aufgeblieben, aber es war einfach schön, mit ihrem alten Kollegen um die Häuser zu ziehen. Nun hatte sie einen mordsmäßigen Kater, und jedem anderen hätte es wahrscheinlich das Frühstück verdorben, aber nicht so Paula. Essen konnte sie einfach immer und in jeder Lebenslage.

Als die drei anderen Frauen des Hofes in die Küche kamen, wischte Paula ihren Teller gerade mit einer Scheibe Toaste blitzsauber. Pappesatt schob sie ihren Teller von sich weg. Ihre Lebensgeister wachten allmählich auf. Sie gähnte herzhaft und streckte sich.

»Ich muss los«, murmelte sie und schob sich schnell aus der Tür, um Leonies vorwurfsvollem Blick zu entgehen.

In ihrem Zimmer schlüpfte sie schnell in ihre übliche Dienstkleidung, Jeans, T-Shirt und Lederjacke. Energisch bürstete sie ihr langes braunes Haar und band es in einen strengen Pferdeschwanz. Als sie in ihre ausgelatschten Turnschuhe stieg, schlich ein Grinsen über ihr Gesicht. Erst gestern Abend wieder hatte Tom sich über ihr Schuhwerk aufgeregt. Tom ging nie ohne seine geliebten Cowboystiefel aus dem Haus, und manchmal dachte Paula, dass er sicher auch nicht ohne seine Lieblinge ins Bett ging. Tom hatte ihr mit großer Geste vor einigen Wochen ein Paar echte Cowboystiefel als verspätetes Geburtstagsgeschenk überreicht, aber sie hatte noch nicht den Mut gefunden, diese auch anzuziehen.

Als sie aus der Tür des Bauernhauses trat, kam ihr Jan Weinreich entgegen. Schnell gab sie ihm alle wichtigen Instruktionen zum Tierquäler-Fall. Er sollte die Ermittlungen wegen des Verdachts auf Sachbeschädigung in Verbindung mit dem Verstoß gegen das Tierschutzgesetz leiten, und Paula legte ihm diesen Fall ganz besonders ans Herz. Wobei sie sich ziemlich sicher war, dass Jan sich voll ins Zeug legen würde. Die Blicke, die er ihrer Freundin Leonie zuwarf, ließen für sie keine Zweifel offen, nur Leonie selbst schien die Verliebtheit des jungen Polizeimeisters nicht zu bemerken.

In ihrem ehemaligen Büro in der KPI Jena angekommen, begrüßte sie müde ihren Kollegen Hase. Der machte seinem Namen alle Ehre. Klein und drahtig, mit großen abstehenden Ohren konnte Paula die Ähnlichkeit mit einem Feldhasen nicht leugnen. Auch sein vorsichtiges, verhaltenes Wesen erinnerte sie an Meister Lampe.

»Hallo Hase, schön dass wir mal wieder zusammenarbeiten. Tom hat mir gestern Abend schon von den Holzdiebstählen berichtet, und ich weiß ja, dass du das Büro nicht so gerne verlässt.«

»Schon gar nicht, wenn es in den Wald geht«, murmelte Hase. »Was machst du eigentlich schon so früh hier?«, fragte er skeptisch.

»Auf Leonies Pferde wurde mit einer Armbrust geschossen, und da hat sie mich natürlich aus dem Bett geholt. Ich soll nun sofort den Übeltäter dingfest machen.« Ein herzhaftes Gähnen folgte Paulas Worten. »Wenn du mir einen Kaffee machst, erzähl ich dir alles.«

Hase sprang auf und flitzte zum Kaffeeautomaten. Als er mit Paulas Cappuccino zurückkam, seufzte diese:

»Du bist mein Held, Hase.«

Ein zartes Rot überzog Hases Wangen, dann lauschte er gespannt Paulas Bericht.

»So eine Schweinerei! Hoffentlich kann dein junger Kollege da helfen und erwischt diesen Kerl.« Hase war sichtlich aufgebracht.

So leidenschaftlich kannte Paula ihn gar nicht.

»Ich hatte als Kind mal einen kleinen Hund. Irgendein Schwein aus der Nachbarschaft hatte Rattengift ausgelegt und Bulli hat das gefressen«, berichtete Hase traurig.

Paula fühlte sich ein wenig unwohl, hatte sie früher vor allem dienstlich mit Hase gesprochen. Und nun rollte ihm doch fast eine Träne die Wange hinunter. Das war zu viel Gefühl am frühen Morgen für Paula. Sie schnappte sich ihren Kaffee und die Zigaretten und verzog sich schleunigst auf die Feuertreppe.

Hier würde sie in Ruhe auf Tom warten. In einer Stunde hatten sie ein Treffen mit dem Förster, der zuständig war für das Waldgebiet um Jena herum, wo erst vor ein paar Tagen ein riesiger Stapel Holz entwendet worden war.

Als Tom endlich zur Tür hereinschlurfte, war Paula schlechtgelaunt. Ihr Magen knurrte schon wieder, und Tom hatte ihr nichts aus der Bäckerei mitgebracht. Ohne Essen war Paula nur ein halber Mensch. Mitleidig reichte Hase ihr seine Frühstücksstulle, und Paula stopfte diese ohne große Umstände in sich hinein. Tom zog einen Prospekt über amerikanische Cowboystiefel aus der Tasche und glitt ab ins Reich der Träume. Mühsam schluckte Paula das trockene Leberwurstbrot hinunter und riss Tom den Prospekt aus den Händen.

»Los. Der Förster wartet, außerdem hast du genug Stiefel.«

»Davon kann man gar nicht genug haben«, maulte Tom und folgte Paula widerwillig. Er mochte Paula sehr gern, und die Gelegenheit, wieder mit ihr zu arbeiten, freute ihn sehr. Aber dass sie immer über seine Leidenschaft für Stiefel lästern musste, störte ihn dann doch ein wenig. Er hatte als Kind unheimlich gern die alten Cowboyfilme mit John Wayne geschaut, und vielleicht war er deshalb auch zur Polizei gegangen. Heimlich verglich er sich mit seinem Kindheitsidol. Er war ein großer, kräftiger Kerl mit einem verwegenen Dreitagebart und trug am liebsten Jeans und lässige Hemden. Seine Stiefel unterstrichen seine Wildheit, fand er. Es steckte einfach ein Sheriff in ihm und der konnte ja schlecht in ausgelatschten Turnschuhen auf Verbrecherjagd gehen. Wenn Paula das nur einmal einsehen wollte.

Als der Dienstwagen im Wald schmatzend in einer großen schlammigen Pfütze hielt, schaute Tom besorgt auf seine teuren Stiefel. »Hoffentlich ruiniere ich mir die nicht völlig in diesem Dschungel«, murmelte er.

»Ich denke, das sind Cowboystiefel, die sind doch extra für die Wildnis gemacht«, feixte Paula.

»Aber nicht diese hier! Weißt du, was die gekostet haben?«, empörte sich Tom über Paulas unsensible Art. »Kann ja nicht jeder auf Gesundheitslatschen abfahren«, grummelte er und stieg vorsichtig aus dem Auto.

»Wo finden wir denn deinen Förster? Konnte der nicht in die Dienststelle kommen?« Während Tom weiter vor sich hin schimpfte, erkundete Paula aufmerksam die Gegend. Seit Wochen war sie nicht mehr im Wald gewesen. Sie atmete tief ein und brachte sogar ein kleines Lächeln zustande.

»Mhm … riech mal, wie das duftet. Ich glaube, ich gehe nun wieder öfter in den Wald«, rief sie Tom gutgelaunt zu. Der hatte seine Hände tief in seinen Hosentaschen vergraben und starrte ihr missmutig nach. In diesem Moment kam ein Geländewagen den Waldweg entlanggefahren und hielt neben dem Polizeiwagen. Athletisch, gutgebaut und mit einem frechen Lächeln schwang sich ein Mann aus dem Wagen und winkte Paula zu.

»Hallo, Frau Kommissarin, ich hoffe, ich habe Sie nicht warten lassen. Mein Name ist Hannes König, ich bin der zuständige Revierförster, schön, dass Sie den Weg zu mir in den Wald gefunden haben.« Während er auf Paula einredete, tänzelte er geschmeidig wie ein Raubtier auf sie zu.

Paula klappte für einen kurzen Moment die Kinnlade herunter. Was für ein Bild von einem Mann, dachte sie. Ob das an der Landluft lag oder waren die Männer auf dem Land einfach ihr Ding? Wieso nur hatte Leonie sich dieses Sahneschnittchen nicht längst geangelt? Nicht mit einem Wort hatte sie erwähnt, wie gut dieser Förster aussah. Egal, sie hatte seit ein paar Monaten ihren Max, und jetzt musste sie erst einmal die Befragung hinter sich bringen. Paula gab sich einen Ruck und löste sich aus ihrer Starre.

»Guten Tag, Herr König. Schön, dass Sie sich gleich Zeit für uns genommen haben. Wir ermitteln in den Fällen von Holzdiebstählen.«

»Aber selbstverständlich nehme ich mir für eine Freundin von Leonie Zeit, sie hat mir übrigens schon einiges von Ihnen erzählt. Umso schöner ist es, Sie einmal persönlich kennenzulernen.« Seine blauen Augen funkelten.

Paula vergaß, was sie fragen wollte.

»Äh, danke schön«, stammelte sie. Endlich war Tom an ihrer Seite und rettete sie aus der peinlichen Situation.

»Herr König, ich bin Hauptkommissar Gerlach von der Kriminalpolizeiinspektion Jena. Können Sie uns kurz erklären, wie das abläuft mit dem Holzeinschlag?«

»Also meistens wird eine Firma beauftragt, die Bäume zu fällen, die ich vorher gemeinsam mit dem Waldbesitzer freigegeben und markiert habe«, begann er zu erklären. »Anschließend wird das Holz gestapelt und später abtransportiert. In diesem Jahr haben wie allerdings echt großen Ärger mit den Holzdieben. Stellen Sie sich das einmal vor, ganze Lkw-Ladungen Holz sind einfach so verschwunden, und keiner hat was gesehen.« Aufgebracht tätschelte Hannes König eine besonders schöne Kiefer und blickte in ihre Krone. »Aber meistens machen sich die Leute ja auch gar keine Gedanken, ob das Holz vom rechtmäßigen Besitzer abgeholt wird. Wenn das Holz geschlagen wird, ist es oft schon an ein Sägewerk verkauft, und die haben dann das Nachsehen.«

»Lohnt sich das überhaupt, Holz zu klauen?«, fragte Tom skeptisch.

»In diesem Jahr war es sogar besonders dramatisch, erst kürzlich sind im staatlichen Forst bei Vollradisroda zweihundertunddreißig Festmeter geschlagenes Holz gestohlen worden. Das müssen Sie sich mal vorstellen, da waren für den Abtransport schon einige Lkw-Fuhren nötig. Aber die Leute denken sich einfach nichts dabei, wenn sie beobachten, dass jemand Holz auflädt, und so ist die Ermittlung der Täter sehr schwierig. Ich habe schon mehrfach mit Ihren Kollegen über dieses Problem gesprochen, aber …«, wütend scharrte Förster König im Waldboden.

»Aber jetzt kümmern wir uns ja darum«, versuchte Paula den aufgebrachten Förster zu beschwichtigen.

»Wenn das ganze Holz von einer einzigen Bande geklaut worden ist, haben die schon eine schöne Stange Geld verdient. Nehmen wir zum Beispiel mal die Ladung, die letztens geklaut wurde, das war Kiefernholz, das bringt im Moment so circa achtzig Euro pro Festmeter, bei zweihundertunddreißig Festmetern sind das also um die achtzehntausend Euro. Und wenn die sich auf Holzklau spezialisiert haben, dann kommt da schon ein schönes Sümmchen zusammen.«

Während ihres Gesprächs waren die drei tiefer in den Wald spaziert und standen nun vor einem riesigen Stapel frisch geschlagenen Holzes.

Erstaunt zeigte Paula auf die Zeichen im Holz. »Aber das ist doch alles gekennzeichnet hier, da fragt das Sägewerk doch sicher nach, oder?«

»Die Markierungen sind doch schnell weggesägt, und dann werden eben neue draufgesprüht, da merkt das Werk nix.« Wütend starrte der Förster auf das Holz. »Ich kann ja schlecht auf alles aufpassen, und manchmal dauert der Abtransport einfach.«

»Für welche Gebiete sind Sie denn zuständig, und wie viele Mitarbeiter haben Sie?«, fragte Tom und setzte sich auf einen gefällten Stamm, um sich seine Schuhe mit einem Tempo und Spucke zu säubern.

»Das Forstamt Jena-Holzland bewirtschaftet den knapp zwölftausend Hektar großen Staatswald in Eigenregie und kümmert sich um die privaten Waldbesitzer. Unser Forstamt verfügt über sechzehn Reviere im Forstamtsbereich, und ich bin für das Revier Vollradisroda-Tautenburg zuständig.«

»Also das ist echt interessant und das muss doch wahnsinnig schön sein, immer so an der frischen Luft zu arbeiten und die Natur so um einen rum ...«, flötete Paula den Förster an.

Tom entgleisten seine Gesichtszüge. Was war denn in seine Kollegin gefahren? Jetzt fiel ihm auch auf, dass Paula noch nicht eine Zigarette geraucht hatte, seit dieser Förster aufgetaucht war.

»Ja, besonders die frische Luft hat es dir ja schon immer angetan«, konnte er sich eine Spitze nicht verkneifen.

Paula funkelte ihn wütend an.

»Wenn Sie möchten, kann ich Ihnen am Wochenende gerne mein Revier zeigen?«, grinste Hannes König Paula frech an. Diese wurde verlegen unter seinen interessierten Blicken.

»Also, im Moment habe ich leider keine Zeit, Sie verstehen – der Fall.« Paula merkte, wie ihr Gesicht zu glühen begann, und ärgerte sich über sich selbst. Was sollte nur dieses alberne Geflirte, sie war schließlich glücklich mit Max. Betont sachlich sprach sie dann weiter: »Ich gebe Ihnen meine Karte, und wenn Sie wieder bemerken, dass Holz verschwunden ist, rufen Sie mich bitte gleich an.«

Als sie sich ihren Weg zurück zum Dienstwagen bahnten, flüsterte Tom ihr ins Ohr: »Warum gehst du nicht einfach mit ihm in seinen Wald? Dir läuft der Sabber ja schon aus den Mundwinkeln.« Ein kurzer kräftiger Schlag ihres Ellbogens ließ Tom verblüfft nach Luft schnappen.

Auf dem Weg zurück zur Dienststelle sagte Paula kein Wort. Erst der Duft, der aus der Kantine herüberzog, beendete ihr Schweigen.

»Ich muss jetzt unbedingt was Richtiges essen«, stöhnte sie und rieb sich ihren knurrenden Magen. Hases Stulle war nur ein Tropfen auf den heißen Stein gewesen. Paula marschierte Richtung Kantine und Tom folgte ergeben. Zwar hatte er mit seiner neuesten Eroberung Sybille schon recht üppig gefrühstückt, aber so ein kleiner Snack zwischendurch schadete sicher nichts.

Nachdem Paula eine dampfende Soljanka vor sich stehen hatte und zusätzlich noch eine Bockwurst orderte, begann sie gierig, alles in sich hinein zu schaufeln. Fasziniert schaute Tom ihr dabei zu und knabberte selbst nur an einer Brezel herum.

»Wo du das nur alles hin futterst?«, fragte er und blickte wohlwollend auf Paulas schlanke Figur.

»Ich hab lange Seiten, hat meine Mutti immer gesagt«, nuschelte Paula mit vollem Mund. Und sie hatte nicht nur lange Seiten, mit ihren einen Meter achtzig überragte sie so manchen Kollegen.

Tom hatte wenig Hoffnung, die Diebe zu schnappen, aber im Moment war kein anderer interessanter Fall in Sicht, und so mussten sie sich wohl oder übel mit diesem hier befassen. Sie würden erst einmal alle Holzdiebstähle im Umkreis auflisten und auf einer Karte markieren, vielleicht ergab sich ein Muster. Langweilige Recherchearbeit also, aber die musste schließlich auch erledigt werden.

# 3. Kapitel

Im *Dorfkrug* von Kleinroda ging es am Abend hoch her. Leonie, ihre Schwiegermutter Marlis und Oma Eri hatten im gesamten Dorf die Kunde von der Tierquälerei verbreitet und eine Versammlung einberufen. Nun drängten sich circa dreißig Leute in dem kleinen Schankraum.

Lautes Stimmengewirr ließ Leonie zögern. Hilfesuchend blickte sie zu Polizeimeister Jan Weinreich, der zur moralischen Unterstützung mitgekommen war. Dieser nickte ihr aufmunternd zu, und so nahm Leonie all ihren Mut zusammen und stieg auf einen Stuhl. Zu ihrem Verdruss war sie nicht so groß und schlank wie Paula. Mit ihren einen Meter sechzig fühlte sie sich neben ihrer Freundin immer wie ein Zwerg. Auch mit ihrer Figur war sie nicht zufrieden. Sie fand, sie hatte viel zu kräftige Arme und Beine von der schweren Stallarbeit und dann auch noch einen üppigen Busen. Leonie hasste es, wenn die Männer auf ihren Vorbau starrten. Gern wäre sie so flachbrüstig und dürr wie Paula gewesen, aber alle Diäten hatten bis jetzt versagt. Nur ihr naturblonder Strubbelkopf hielt ihrem selbstkritischen Blick stand.

»Schön, dass ihr alle gekommen seid«, murmelte sie unsicher über die schwatzende Menge hinweg. Zwei Burschen genau vor ihr drehten sich um und blickten sie erwartungsvoll an, der Rest der Anwesenden diskutierte weiter lautstark die neuesten Geschehnisse.

Unsicher schaute Leonie sich in der Kneipe um. Ihr Blick blieb an Gerlinde hängen. Ein Ruck fuhr durch die resolute Rentnerin.

Geräuschvoll schob sie ihren Stuhl nach hinten, griff nach ihrem rotweiß gestreiften Regenschirm und hieb diesen krachend auf den Tisch. Gläser klirrten und einige Gäste schnappten erschrocken nach Luft. Dann war Ruhe, und alle starrten Gerlinde an.

Gerlinde war so etwas wie der Dorfsheriff in Kleinroda. Viele Jahre hatte sie sich als Verwaltungsangestellte in Jena um die sozialen Belange von Menschen gekümmert, und als sie vor zwei Jahren in Rente gegangen war, war ihr schon nach kurzer Zeit die Decke auf den Kopf gefallen. Seitdem marschierte sie regelmäßig die Dorfstraße ab, kontrollierte, bewachte und kümmerte sich um alle Belange des Dorflebens. Immer adrett gekleidet, mischte sie sich oft sehr zum Leidwesen der Leute in alles ein. Nichts entging ihrem strengen Blick. Mit einer huldvollen Bewegung in Leonies Richtung sagte sie: »Ihr hört jetzt gefälligst mal der Leonie zu, deswegen sind wir doch hier, oder?«

Zustimmendes Gemurmel erhob sich, dann blickten alle Leonie an. Sie bedankte sich mit einem Nicken bei Gerlinde und begann zögernd zu sprechen:

»Also, auf meine Pferde wurde heute Morgen oder in der Nacht mit einer Armbrust geschossen, das habt ihr sicher bereits alle gehört. Was vielleicht noch nicht jeder weiß ist, dass es in dieser Gegend bereits der dritte Fall von Tierquälerei ist. Ich habe die Tierärztin Frau Ringel gebeten, uns von den anderen Fällen zu berichten.«

Leonie nickte der Tierärztin zu, und diese erzählte von den Anschlägen auf eine Schafherde und wenige Wochen später auf eine Jungkuh. Die Bauern schauten sich entsetzt an.

Nachdem Dr. Ringel ihren Bericht beendet hatte, redeten plötzlich alle wieder wild durcheinander. Leonie ging von Gruppe zu Gruppe und unterbreitete den Gedanken von einer Art Bürgerwehr. Man könnte doch abwechselnd nachts Augen und Ohren offen halten und so einen erneuten Anschlag verhindern. Vielleicht erwischte man den Kerl ja sogar? Die Bereitschaft zur Mithilfe stieg parallel mit dem Bierkonsum, und nach zwei Stunden erklärten sich fünf Bauern und fünf Kirmesburschen bereit, Wache auf den umliegenden Wiesen zu halten.

Leonie war zufrieden. Selbst wenn sie den Täter nicht fanden, so würde es sich doch herumsprechen, dass man sich in Kleinroda wehrte. Wenn ihrem Beispiel noch weitere Dörfer folgten, dann hatte der Tierquäler bald keine Chance mehr, ungestraft hilflose Geschöpfte zu verfolgen und zu verstümmeln. Die Bedenken, die Jan Weinreich äußerte, nahm Leonie gar nicht wahr. Sie prostete dem jungen Mann zu. Schließlich musste man kräftig auf das gute Gelingen ihrer Überwachung anstoßen. Später ließ sie sich von ihm nach Hause begleiten. Die verliebten Blicke, die Jan ihr schüchtern zuwarf, ignorierte Leonie.

Leonie tapste leise durch den dunklen Flur in ihr Zimmer, als sie beinahe über Paula stolperte.

»Du gehst schon ins Bett? Ich dachte, du hast so einen richtig wichtigen Fall an der Backe? Musst du da nicht Tag und Nacht arbeiten?«, fragte Leonie bissig.

Sie hatte noch nicht vergessen, dass Paula sie einfach im Stich gelassen hatte. Zwar bemühte sich das Polizeimeisterlein sehr, ihr zu helfen, aber so einfach kam Paula ihr nicht davon.

»Es tut mir leid, dass ich heute nicht da sein konnte«, entschuldigte sich Paula gleich. »Aber ich kann doch nix dafür, wenn mein Chef mich nach Jena abkommandiert. Hat der Jan denn ein Protokoll gemacht?«

»Ja, ja, dein Polizeimeisterlein war da, aber ich hatte eben gehofft, dass meine beste Freundin sich persönlich darum kümmern würde.« Leonie ließ Paula im Flur stehen und verschwand in ihrem Zimmer.

Leise vor sich hin fluchend, schlurfte auch Paula ins Bett.

Gern hätte sie mit Max über die verfahrene Situation geredet, aber er würde erst morgen von einem Lehrgang wiederkommen, und außerdem schämte sie sich ein wenig über ihre unzüchtigen Gedanken, die ihr beim Anblick des knackigen Försters durch den Kopf gegangen waren. Sie warf sich ins Bett und stopfte sich die Bettdecke zwischen die Beine. Krampfhaft stellte sie sich Max vor ihrem inneren Auge vor und versuchte einzuschlafen.

# 4. Kapitel

Leonie plagte sich mit einem Kater herum. Sie trank praktisch nie Alkohol, weshalb die zwei Liter Bier, die sie ausnahmsweise gestern Abend im *Dorfkrug* getrunken hatte, eine verheerende Wirkung auf sie hatten. Halbblind vor Kopfschmerzen schlich sie in die Küche. Als Oma Eri ihren Zustand bemerkte, löste sie ihr ein Aspirin in einem großen Glas Wasser auf. Nachdem sie auch noch einen Pott Kaffee hinuntergewürgt hatte, ging es ihr schon ein wenig besser. Sie bemerkte die neue Kittelschürze, die Oma Eri trug, und meinte liebevoll: »Eri, wo hast du denn dieses tolle Stück her, die macht dich glatt zehn Jahre jünger.«

Stolz strich sich Oma Eri über die neue Schürze und gab Leonie dann einen kleinen Klaps. Sie wusste genau, dass Leonie sie ein wenig aufziehen wollte, aber das Mädchen war ihr Ein und Alles. Da verzieh sie ihr diese kleine Frechheit gern. Ihr gefielen eben diese bunten Motive, und die Papageien auf der neuen Schürze waren besonders schön, fand sie.

Leonie grinste die kleine, runzelige Frau liebevoll an, stöhnte dann gespielt gequält auf und schob sich von der Küchenbank. Die Arbeit rief, da konnte sie schließlich nicht stundenlang in der Küche hocken. Vorsichtig machte sie sich auf den Weg zu den Pferdekoppeln. Heute Nacht hatten zwei Burschen vom Kirmesverein Wache halten wollen. Sie war gespannt, ob sie die beiden schlafend im Graben finden würde.

Wie am Morgen zuvor waberte dichter Nebel über die Wiesen. Als sie auf der Koppel ankam, begrüßten sie die Pferde durch Schnauben und leichtes Stupsen. Von den Burschen keine Spur. Schnell untersuchte Leonie die Pferde auf neue Wunden, konnte aber nichts finden. Erleichtert pustete sie kräftig die Luft aus und sah dann zwei schemenhafte Gestalten auf sich zukommen.

»Alles ruhig gewesen heute Nacht«, sagte der kleine, stämmige Olli und gähnte herzhaft.

»Danke Jungs, dass ihr durchgehalten habt.« Leonie streichelte gedankenverloren den Kopf eines Pferdes. »Heute Nacht geh ich selber mit auf Streife. Ihr schlaft jetzt erst einmal 'ne Mütze voll?«

»Ja, wir haben heute Spätschicht, da können wir noch ein paar Stunden schlafen«, nuschelte Ollis Kumpel Bernd.

Zwei Stündchen Mittagsschlaf, die würde sie sich heute auch gönnen. Leonie bedankte sich noch einmal und schickte die Burschen dann ins Bett. Bevor sie sich selbst aufs Ohr hauen konnte, mussten erst noch die Wassertränken auf der Koppel mit frischem Wasser gefüllt und die beiden verletzten Pferde versorgt werden.

Das ausgiebige Mittagsschläfchen, das sich Leonie ausnahmsweise einmal gegönnt hatte, würde ihr sicher helfen, den nächtlichen Einsatz durchzustehen. Jan Weinreich hatte darauf bestanden, sie zu begleiten. Leonie grinste bei dem Gedanken, die Nacht mit ihm versteckt im Gebüsch zu verbringen. Alle glaubten, dass sie seine Avancen nicht bemerkte, aber natürlich waren ihr die verliebten Blicke und die hektischen roten Flecken aufgefallen, die Jan in ihrer Nähe bekam. Sie war seit drei Jahren Witwe, aber es fiel ihr noch immer schwer, an andere Männer zu denken. Ihr verstorbener Mann Felix hatte mit ihr die kleine Pferdepension aufgebaut, bevor er bei einem Autounfall ums Leben gekommen war. Ihre Schwiegermutter Marlis und sogar Oma Eri redeten ihr gut zu, wieder einen Mann in ihr Leben zu lassen, aber so weit war sie noch nicht. Obwohl das Polizeimeisterlein schon ganz süß war. In Gedanken versunken, bemerkte sie nicht, dass Jan zu ihr trat. Schnell rieb sie sich das Lächeln aus dem Gesicht und nickte ihm flüchtig zu. Jetzt fehlten nur noch der Horst Pfeifer und der Rainer Schmitt, zwei Bauern aus dem Dorf, die heute mit ihnen Wache halten wollten.

»Darf ich dir das abnehmen?«, fragte das Polizeimeisterlein und blickte auf Leonies Rucksack.

Oma Eri hatte es sich nicht nehmen lassen, ihr einen kräftigen Imbiss und eine Thermoskanne Kaffee einzupacken.

»Geht schon«, nuschelte Leonie und winkte Horst und Rainer zu, die gerade um die Kirche bogen.

Gemeinsam besprachen sie, wie das große Gebiet am besten zu überwachen sei. Leonie schlug vor, sich aufzuteilen und rund um das Dorf zu patrouillieren. Wenn sich etwas Verdächtiges tat, konnte man sich per Handy gegenseitig benachrichtigen. Die Männer waren einverstanden, nur Jan wollte Leonie nicht ohne Schutz lassen. Er bestand darauf, sie zu begleiten. Zähneknirschend gab Leonie nach, und alle machten sich auf den Weg zu den Wiesen, die heute überwacht werden sollten.

Horst ging zur großen Schafswiese am Ortseingang, Rainer stapfte schnaubend den Berg hinauf zur Kuhweide, und Leonie mit Jan im Schlepptau würde ihre Pferdekoppel überwachen. Eigentlich hatte Leonie ab sofort nachts ihre Tiere wieder in die Ställe bringen wollen, aber da sie nun praktisch als Lockvögel dienten, musste das noch warten.

Ein wenig mulmig war ihr schon zumute, als sie durch die Dunkelheit tappte. Die kleine Helmleuchte warf nur einen zittrigen Strahl auf das Gelände vor ihr. Die starke Handleuchte war nur für den absoluten Notfall gedacht, man wollte sich nicht schon vorher verraten. Jans leises Atmen in ihrem Rücken beruhigte Leonie mehr, als sie zugegeben hätte.

Auf den Koppeln war alles ruhig. Leonie und Jan suchten sich einen trockenen Fleck unter einer Weide, und Jan zauberte eine Decke aus seinem Rucksack. Wenn sie auch noch ihren Imbiss auspackte, könnte man fast meinen, sie würden zu nächtlicher Stunde ein romantisches Picknick veranstalten. Leonie ließ die Stullen, wo sie waren, und setzte sich in gebührendem Abstand zu Jan auf die Decke. Stumm starrten sie in die Nacht.

Paula hatte eine riesige Versöhnungspizza und Bier dabei, als sie spät am Abend nach Hause kam. Sie wusste, dass Leonie bei Bier und Pizza nicht widerstehen konnte. Als sie an Leonies Tür klopfte, wartete sie vergeblich auf Einlass. War Leonie immer noch so sauer auf sie, weil sie sich nicht um die Tierquälerei gekümmert hatte? Paula öffnete die Tür einen Spaltbreit und spähte ins Dunkel.

»Schläfst du schon?«, flüsterte sie.

Dann bemerkte sie, dass das Zimmer leer war. Verwundert ging sie zurück in die Küche. Oma Eri kam den Flur entlanggeschlurft und schaute fragend auf die große Pizzaschachtel in Paulas Händen.

»Ist Leonie nicht da?«, fragte Paula.

»Die ist doch heute Nacht auf den Koppeln. Hat sie dir das nicht erzählt?« Oma Eri schüttelte beunruhigt den Kopf.

»Wie auf den Koppeln? Was tut die denn da mitten in der Nacht? Spinnt die?«, brauste Paula auf.

»Hat dir denn dein junger Kollege nicht Bescheid gegeben, dass sie den Tierquäler fangen wollen?«

»Wie jetzt? Haben die etwa so eine Art Bürgerwehr gebildet und jeder läuft jetzt mit einer Knarre rum und will den Tierquäler abknallen?« Paula war stinksauer. Jan wusste ganz genau, dass so etwas nicht rechtens war. Wahrscheinlich hatte er ihr deswegen auch nichts gesagt. Verliebt, wie der Kerl war, hatte er offensichtlich sein Hirn ausgeschaltet.

Wütend wählte Paula Jans Handynummer. Als sie ein geflüstertes »Hallo?« hörte, brüllte sie einen deftigen Fluch in den Hörer.

Erschrocken hielt Jan das Telefon vom Ohr und schaute Leonie panisch an.

»Paula«, quetschte er mühevoll heraus.

»Gib mal her!« Leonie grapschte nach dem Handy. Sie wartete nicht, bis Paula mit ihrer Schimpftirade fertig war, sondern fiel ihrer Freundin wütend ins Wort.

»Jetzt reg dich ab. Jan hat ja versucht, mich aufzuhalten. Er wollte mich nur nicht alleine gehen lassen. Du hast ja keine Zeit!«

»Ihr kommt jetzt sofort zurück und lasst diesen Quatsch!«, kreischte Paula beinahe.

»Falsche Antwort«, zischte Leonie und beendete das Gespräch.

»Schalt dein Handy aus, sonst nervt die uns noch die ganze Nacht«, wies sie Jan an und griff nach ihrem Telefon.

»Dann können uns doch der Pfeifer und der Schmitt nicht erreichen, ich stell auf lautlos.«

Jan hatte kein gutes Gefühl bei der Sache. Am liebsten hätte er die ganze Aktion sofort abgebrochen. Paulas heftige Reaktion bereitete ihm Bauchschmerzen. Wenn sie ihn wegen dieser Sache beim Chef verpetzte, dann wäre seine Zeit bei der Polizei vielleicht schneller vorbei, als er blinzeln konnte. Andererseits konnte er Leonie nicht einfach sitzenlassen.

Paula schäumte vor Wut. Da hatte sie extra Pizza und Bier besorgt, um sich zu entschuldigen, und dann das. Wie konnte man nur so stur sein? Glaubten die allen Ernstes, den Tierquäler auf frischer Tat zu erwischen? Erneut griff Paula zum Telefon. Doch weder Leonie noch Jan gingen ran. Frustriert feuerte Paula die Pizza auf den Küchentisch und nahm das Sixpack Bier mit in ihr Zimmer. Wenn sie geahnt hätte, dass sie einsam und allein an ihrem Bier nuckeln würde, dann wäre sie lieber zu Max gefahren. Jetzt war ihr die Lust dazu vergangen, und sie wollte ihre Wut auch nicht an ihm auslassen.

Mit Max Schröter war sie seit einigen Monaten zusammen. Er hatte nichts dagegen, es ruhig angehen zu lassen, und so trafen sie sich ein-, zweimal in der Woche und verbrachten die Nacht zusammen. Am Wochenende kam Max oft auf Leonies Hof, um ein wenig zu helfen. Traurig lächelte Paula vor sich hin und vermisste Max plötzlich unheimlich.

Nach drei Flaschen Bier und unzähligen Flüchen auf die unbelehrbaren Dörfler fiel sie erschöpft in ihre Kissen und schnarchte leise vor sich hin.

Nach drei Stunden Wache halten waren Leonie und Jan müde. Das ständige Starren in die Dunkelheit und das Lauschen auf verdächtige Geräusche waren anstrengender, als sie sich das vorgestellt hatten. Alle halbe Stunde waren sie die Koppel abgegangen. Da die Pferde sie kannten, war keine Unruhe aufgekommen. Nun packte Leonie doch ihre Thermoskanne Kaffee und die von Oma Eri geschmierten Brote aus. Hungrig stürzten sie sich auf den Imbiss. Plötzlich leuchtete Jans Handy auf.

»Das ist Horst Pfeifer.« Mit vollem Mund meldete Jan sich leise.

Außer einem Kratzen war nichts zu hören. Fragend schaute er zu Leonie und übergab ihr das Handy. Aber auch sie wurde nicht schlau aus den Geräuschen.

»Da muss was passiert sein«, sagte sie schließlich und sprang auf. »Am besten schauen wir gleich mal nach.«

Jan war schon auf den Beinen und kramte die große Taschenlampe aus seinem Rucksack.

»Der Horst wollte zur großen Schafswiese am Ortseingang.«

Jan nickte und ging mit großen Schritten voran. Leonie lief hinterher und starrte besorgt auf Jans Rücken.

»Sollten wir nicht lieber die Polizei anrufen?«, keuchte sie.

»Ich bin die Polizei! Außerdem will ich erst einmal sehen, ob der Horst nicht einfach nur eingeschlafen ist und in den Hörer schnarcht«, sagte Jan bestimmt.

Jan schien wie ausgewechselt. Kraftvoll hatten seine Worte geklungen. Leonie nickte und starrte nun anerkennend auf Jans Rücken, während sie durch die Dunkelheit stolperte.

Sie hatten sich zur Straße durchgekämpft und liefen nun zügig durchs Dorf. Alles war still. Eine Handvoll Laternen entlang der Dorfstraße tauchte alles in ein gespenstisches, gelbes Licht. Die Angst kroch Leonie den Rücken hinauf. Was, wenn der Tierquäler Horst erwischt hatte? Das wäre dann ganz allein ihre Schuld! Wieso hatte sie nicht früher daran gedacht, dass etwas passieren könnte? Wie sollte sie mit dieser Schuld leben?

Vor lauter Grübeln war sie immer langsamer geworden. Ungeduldig blickte Jan über die Schulter und stellte erschrocken fest, dass Leonie kreideweiß geworden war. Sie stolperte. Jan sprang instinktiv und fing Leonie auf. Zitternd ließ sich Leonie von Jan halten.

»Was ist denn los?«, flüsterte er. »Soll ich dich lieber nach Hause bringen?«

Vergessen war Horst Pfeifer. Nur Leonie in seinen Armen war wichtig. Ganz zart vergrub Jan seine Nase in Leonies Haaren. Eine Mischung aus Apfel und Pferd war der verführerischste Duft, den er sich gerade vorstellen konnte. Leonie befreite sich energisch aus seiner Umarmung und starrte ihn entsetzt an.

»Spinnst du? Ich mache mir mordsmäßige Sorgen um den Horst, und du willst kuscheln?«

Völlig verdattert stand Jan da und starrte auf seine schlammverschmierten Stiefel. Was war nur in ihn gefahren?

»Entschuldige«, murmelte er leise und schob sich an Leonie vorbei.

Den Rest der Strecke legten sie wieder schweigend zurück. Erst an der großen Schafswiese traute Jan sich, einen kurzen Blick zu Leonie zu werfen. Sie schien nicht mehr wütend auf ihn zu sein. Reine Angst starrte ihn aus ihren weit aufgerissenen Augen an. Auch Jan wurde langsam unruhig. Wo steckte Pfeifer? Alle Vorsicht beiseite lassend, riefen sie laut nach ihm. Nur Stille schlug ihnen entgegen. Immer hektischer durchsuchten sie die Gegend.

»Vielleicht wollte Horst Pfeifer uns nur sagen, dass er die Nase voll hat und nach Hause geht? Bestimmt liegt er schon längst schnarchend im Bett …?« Unsicher blickte Jan zu Leonie.

Diese nickte, und ein Hoffnungsschimmer erhellte ihr Gesicht.

»Lass uns nachsehen. Unsere Suche hat bei der Dunkelheit eh keinen Zweck«, murmelte sie erschöpft.

Jan hielt ihr die Hand hin, und ergeben ließ sich Leonie von ihm durch das unwegsame Gelände führen. Ein Graben, der zur Entwässerung diente, ließ sie abrupt stoppen.

Sie entdeckten Horst Pfeifer beinahe gleichzeitig.

# 5. Kapitel

Paula fröstelte. Es war kalt im Wald. Sie kuschelte sich in die Jacke von Förster Hannes König.

»Paula, lass los«, meckerte Leonie und zog an der Jacke. Ärgerlich maulte Paula zurück:

»Die hat der Hannes mir gegeben, such dir doch selber eine Jacke.«

Paula bekam erneut eine Gänsehaut. Verdammt, war das kalt.

»Paula, jetzt wach verdammt noch mal auf!«

Leonie riss ihr die Decke weg. Endlich öffnete Paula verschlafen die Augen. Ihre Zunge klebte im Mund wie ein alter Waschlappen. Da war wohl ein Bier schlecht gewesen, überlegte sie träge. Dann bemerkte sie Leonie auf ihrem Bett. Aufgeregt zerrte sie an ihr herum und brabbelte etwas von Horst und Mord. Kerzengerade schoss Paula in die Höhe.

»Mord?«

Leonie nickte und stieß erschöpft die Luft aus.

»Na endlich! Ich dachte schon, ich bekomm dich gar nicht mehr wach.«

»Wer, wann, wo?«, nuschelte Paula und schluckte erst einmal den bitteren Geschmack in ihrem Mund hinunter.

»Der Horst, auf der Schafwiese«, schluchzte Leonie nun und wischte sich eine Träne weg.

»Der Jan ist zurück, um den Tatort zu sichern, und ich soll dich holen.«

Paula atmete zweimal tief durch und versuchte ihren Zorn unter Kontrolle zu bekommen. Nutzte ja alles nichts, das Kind war in den Brunnen gefallen. Bürgerwehr, wie waren sie nur auf diesen Wahnsinn gekommen?

»Mach mir doch bitte schnell einen Kaffee, während ich mich anziehe, ja?« Ohne ein Aufputschmittel würde sie die drei Bier nicht so einfach loswerden. Ihr Kopf brummte und ihre Zunge fühlte sich noch immer dick und pelzig an.

Paula hatte vom Bauernhof aus die Kripo Jena informiert und auch Tom Gerlach aus den Federn geklingelt. Nun stapfte sie in großen schwarzen Gummistiefeln die Dorfstraße entlang zum Ortseingang. Leonie tippelte aufgeregt neben ihr her und schilderte ihr genauestens, wie Jan und sie Horst Pfeifer gefunden hatten. Da Leonie den Toten kannte, lieferte sie auch gleich noch ein paar Details über seine Person. Das Opfer war achtundvierzig Jahre alt und hatte gemeinsam mit seiner Frau Erika Pfeifer und dem fast erwachsenen Sohn Andreas im ersten Hof am Dorfeingang gewohnt. Horst hatte in der hiesigen Agrargenossenschaft gearbeitet und nebenbei selbst noch einige Hektar Land bewirtschaftet. Leonie kaufte seit Jahren ihr Heu für die Pferde bei Horst.

Als sie die Straße verließen, musste Paula ihr Tempo drosseln. Feucht und rutschig waren die Wiesen, und die altersschwache Taschenlampe, die Oma Eri ihr in die Hand gedrückt hatte, beleuchtete nur ein kleines Stück Wiese vor ihren Füßen. Sie stiegen über das Schafnetz, und Leonie gab die Richtung vor. Nach fünf Minuten, in denen sie sich schweigend durch die Dunkelheit gekämpft hatten, sahen sie einen Lichtstrahl. Es war Jan. Seine Taschenlampe zeigte ihnen nun den Weg, und schnell erreichten sie den Tatort. Eindeutig lag dort die Leiche von Horst Pfeifer. Zwei Pfeile steckten gut sichtbar in seinem Körper.

Er lag auf der Seite, ein Knie angewinkelt und die Hand unter dem Kopf verschränkt. Vorbildlich hatte Polizeimeister Weinreich seine Erste-Hilfe-Kenntnisse umgesetzt. Paula verdrehte die Augen.

»Lag der Tote so da, oder warst du das?«, fragte sie genervt.

»Ich wusste doch nicht, ob der wirklich tot ist. Ich hab doch noch nie in echt eine Leiche …«, stammelte Jan.

»Ich nehme mal an, er lag auf dem Bauch?«

»Ja, ich hab ihn auch nur ein ganz klein wenig auf die Seite gedreht.« Jan war den Tränen nahe, so sehr ärgerte er sich über sein dilettantisches Vorgehen. In der Polizeischule hatten sie doch genau gelernt, wie ein Tatort zu behandeln war, und er hatte die Leiche bewegt. Wie dumm von ihm, dachte er wütend.

Paula zog die Stirn kraus, nörgelte aber nicht mehr an Jan herum. »Wo ist denn das Handy? Leonie hat gesagt, dass der Tote dich angerufen hat und ihr merkwürdige Geräusche gehört habt?«

Hektisch suchte Jan nun nach Pfeifers Handy.

»Muss ihm wohl aus der Hand gefallen sein, als er von hinten erschossen worden ist«, murmelte er.

Sein Lichtstrahl erfasste plötzlich ein großes Schaf, das sie neugierig beobachtet hatte. Als der Lichtkegel es traf, erschrak es heftig und machte einen Satz in die Höhe. Gerade noch rechtzeitig schrie Leonie auf, wedelte mit den Armen und verhinderte so, dass das Schaf über die Leiche trampelte.

Endlich hörten sie Polizeisirenen, und Paula schickte Jan zur Straße. Es gab viel zu tun. Um den Tatort zu sichern, mussten erst einmal die Schafe von der Wiese. Leonie gab ihr die Nummer vom Besitzer der Tiere, den Paula ohne Skrupel aus dem Bett klingelte.

Leonie schüttelte unwillig den Kopf. »Schäfer Möller ist jetzt bestimmt total eingeschüchtert. Du sollst die Leute hier nicht so rumkommandieren. Schließlich kennen die uns alle, und ich hab echt keine Lust auf Dorfknatsch!«

»Ja, ja, ich weiß. Aber ich kann nicht ewig warten, bis die in die Gänge kommen. Die ersten Stunden sind nun mal die wichtigsten«, sagte Paula und ging ihren Kollegen aus Jena entgegen.

Sie blinzelte erstaunt. Ein recht bizarres Bild bot sich ihr. Von den Lichtern der Taschenlampen angestrahlt, tänzelte eine Gestalt elfengleich über die Wiese. Beim Näherkommen erkannte Paula ihren Kollegen Tom, der sich hüpfend näherte. Paula wartete grinsend. Als er nur noch einige Meter entfernt war, hörte sie sein unterdrücktes Fluchen. Feuchte Wiesen und Schafsköttel waren offensichtlich gar nicht gut für seine teuren Stiefel.

»Lass dir doch von der Tatortgruppe nachher ein paar Überzieher geben«, sagte sie und verkniff sich das Grinsen.

Da es drei Uhr am Morgen war, brachten die Kollegen von der Spurensicherung große Scheinwerfer mit. Kurze Zeit später erstrahlte rund um den Tatort alles in einem harten weißen Licht. Paula, Tom und Leonie halfen beim Umsetzen der Schafe, und Tom fand nahe der Straße eine frische, tiefe Spur von einem Motorrad. Vielleicht hatte der Täter hier sein Fluchtfahrzeug abgestellt und war dann nach der Tat mit durchdrehenden Rädern geflüchtet? Die Kollegen von der Tatortgruppe würden sich das näher ansehen.

»Lag der echt so da?«, fragte Katja Blume leise. Die Rechtsmedizinerin wunderte sich eigentlich über nichts mehr, aber ein Toter in stabiler Seitenlage kam ihr doch ein wenig seltsam vor. Sie beugte sich über das Opfer und fotografierte gewissenhaft die Wunden und die Pfeile.

»Also eigentlich lag er auf dem Bauch, aber unser neuer Kollege war ein wenig übereifrig in seinen Bemühungen«, flüsterte Paula zurück.

Katja Blume zwinkerte Paula zu. »Seine erste Leiche?«

Paula nickte.

»Müssen wir ja nicht an die große Glocke hängen«, meinte sie schmunzelnd.

Katja Blume hatte eigentlich immer gute Laune, und die ließ sie sich auch von den Toten nicht nehmen. Ohne ihr sonniges Gemüt hätte sie den Job bestimmt schon einige Male aufgegeben. Paula hingegen steckte die Begegnung mit dem Tod nicht ganz so gut weg. Sie war müde und fror jämmerlich in ihrer dünnen Lederjacke. Sie musste sich unbedingt eine warme Daunenjacke besorgen, dachte sie zitternd.

Endlich wurde zum Aufbruch geblasen. Völlig durchgefroren stapften auch Leonie, Jan und Tom ins Dorf zurück. Leonie führte sie zum Haus von Horst Pfeifer, blieb aber am Hoftor stehen.

»Ich geh nach Hause, ja?«, fragte sie müde.

Paula nickte ihr zu und wies Jan an, sie zu begleiten. Leonies Protest ignorierte sie, stattdessen starrte sie Jan noch einmal böse an.

»Und mit dir bin ich noch nicht fertig. Wir sehen uns nachher auf dem Revier, damit du deine Aussage zu Protokoll geben kannst.«

Traurig nickte Jan und führte Leonie nach Hause. Seinen Job konnte er wohl vergessen, so wie Paula ihn eben angesehen hatte, würde es für ihn noch ein Nachspiel geben.

Paula blickte den beiden kopfschüttelnd nach, legte eine Hand auf die Klinke der Hoftür und klingelte mit der anderen. Leise knarrend drückte sie die Tür einen Spaltweit auf und schlug sie im nächsten Moment wieder zu. Tom machte ein Satz nach hinten und griff sich fluchend an die Nase.

»Spinnst du?«, näselte er durch seine Hand.

Dann hörte auch er das Knurren und anschließend ein ohrenbetäubendes Gebell aus dem Hof.

»Immer diese Köter hier. Da könnte man meinen, die verstecken hier sonst was für Schätze«, nuschelte er genervt.

»Ist aber praktisch. Die brauchen hier keine Klingeln, das erledigen die Hunde«, meinte Paula altklug.

Schließlich wohnte sie nun schon einige Zeit auf dem Land und fühlte sich bereits ein wenig als Expertin für schrullige Dörfler. Ein harscher Befehl ließ das Gekläffe abrupt enden, und nach einem mürrischen »Ja?« öffnete Paula vorsichtig die Hoftür.

Eine Frau Mitte vierzig starrte Paula misstrauisch an. Mit der einen Hand hielt sie den Hofhund am Halsband fest und mit der anderen raffte sie einen ausgewaschenen Bademantel über dem üppigen Busen zusammen. Paula hatte die Frau schon öfter im Dorf gesehen, aber noch nie mit ihr gesprochen. Sie tat sich in dieser Hinsicht recht schwer mit dem Landleben. Kontakt zur Dorfbevölkerung hatte sie bisher nur über Leonie bekommen. Frau Pfeifer schien sie auch erkannt zu haben. Erstaunt hob sie eine Augenbraue, zerrte dann den Hofhund in eine Ecke des Hofes und machte ihn an einer Kette fest.

»Sie sind doch der Leonie ihre Freundin aus Jena? Was klingeln Sie mich denn so früh aus dem Bett?«

Paula ließ sich vom unfreundlichen Ton nicht abschrecken, sondern ging nun geradewegs auf Frau Pfeifer zu. »Wollen wir nicht hineingehen und alles drinnen besprechen?«

Frau Pfeifer blickte ein wenig ängstlich, nickte und verschwand ohne ein Wort im Haus. Paula und Tom folgten ihr stumm.

Nachdem Frau Pfeifer Kaffee aufgesetzt hatte und sie alle in der großen Küche Platz genommen hatten, räusperte sich Tom und begann leise zu sprechen. Mit weit aufgerissenen Augen hörte Frau Pfeifer zu. Dann schlug sie die Hand vor den Mund, und Tränen liefen ihr die Wangen hinunter. Sie schüttelte verzweifelt den Kopf und kniff die Lippen fest zusammen, als sollte ihnen kein falsches Wort entschlüpfen. Paula nickte Tom unauffällig zu und erhob sich langsam. Sie murmelte etwas vom Badezimmer und verließ die Küche. Tom konnte bestimmt mehr erreichen ohne ihre Gegenwart.

Paula nutzte die Gunst der Stunde und sah sich im Haus um.

Leise öffnete sie Tür um Tür und spähte hinein. Im Erdgeschoss befand sich neben der Küche eine Speisekammer. Fasziniert betrachtete Paula die Regale, auf denen Marmeladengläser und Apfelsaftflaschen standen. Auf dem Boden lagen Kisten voller Äpfel und Nüsse. Bei Leonie gab es auch so eine Kammer, aber dort stand nur eine große Tiefkühltruhe neben alten Töpfen und Geschirr. Diese Speisekammer war vorbildlich, das musste selbst Paula als Stadtkind anerkennen. Sie schnappte sich einen Apfel, biss krachend hinein und schlich dann weiter durchs Haus. Im Erdgeschoss befanden sich noch ein Badezimmer, ein Arbeitszimmer und die gute Stube.

Leise stieg Paula die alte Holztreppe hinauf. Vier geschlossene Türen luden sie förmlich zum Spionieren ein: ein weiteres Badezimmer, ein Schlafzimmer und ein kleines Wohnzimmer. Paula näherte sich der letzten Tür. Das musste das Zimmer des Sohnes sein. Leise, um den Jungen nicht zu wecken, öffnete Paula die letzte Tür. Sie sah auf ein leeres Bett. Erstaunt betrat sie das Zimmer und blickte sich um. Der Raum sah aus wie eine Gruft. Dunkler Teppichboden und schwarze Wände, die mit Postern von Bands beklebt waren, die Paula nicht kannte. Für ihren Geschmack sahen diese Bands eindeutig zu rechtsextremistisch aus. Ein Räuspern ließ sie zusammenfahren. Sie drehte sich um und stand einem schmächtigen Jungen gegenüber.

»Oh, hallo«, stotterte sie erschrocken. »Ich war gerade bei deiner Mutter und wollte einmal nach dir sehen, aber dein Zimmer war leer. Wo warst du denn um diese Uhrzeit noch?«

Der Junge starrte sie böse an, drängelte sich dann an ihr vorbei und warf sich aufs Bett.

»Pissen«, spukte er ihr entgegen.

»Pissen also?« Paula blickte ihn fragend an.

Gerade eben war das Badezimmer leer gewesen. Statt einer Antwort flogen Paula dröhnende Bässe um die Ohren und sie floh aus dem Zimmer.

Leise ging sie zurück in die Küche. Frau Pfeifer hing an Toms Lippen und genoss offensichtlich die Aufmerksamkeit. Paula setzte sich wieder unauffällig auf ihren Stuhl. Nach einigen Minuten, in denen außer Schluchzen und Schniefen nichts aus der Witwe herauszubekommen war, beschlossen sie, die Befragung auf den Nachmittag zu verschieben. Auf dem Weg zur Tür fragte Paula nach dem Sohn, aber Frau Pfeifer zuckte nur mit den Schultern.

»Der Andi macht eh schon lange, was er will. Wahrscheinlich ist er froh, dass sein Vater tot ist.« Erschrocken schlug sich Frau Pfeifer eine Hand vor den Mund und starrte Paula flehend an. »Das hab ich nicht so gemeint«, schluchzte sie auf.

Beruhigend streichelte Tom ihren Arm, und die Frau entspannte sich beim Blick in Toms mitfühlende blaue Augen.

Als Paula und Tom endlich in Oma Eris Küche traten, standen heißer Kaffee und Tee auf dem Herd, und eine ordentliche Portion Eier mit Schinken brutzelte in der riesigen Pfanne. Stöhnend setzten sich die beiden zu Leonie an den alten Küchentisch und fielen ausgehungert über Oma Eris deftiges Frühstück her. Minutenlang hörte man nur Schmatzen, klapperndes Besteck und Oma Eris Filzlatschen, die hurtig über die Bodendielen huschten.

»Hast du schon gegessen?«, nuschelte Paula mit vollem Mund und schaute ihre Freundin an, die wie hypnotisiert auf die Eier mit Schinken starrte.

»Nee, lass mal. Ich mach ’ne Diät«, antwortete Leonie schlechtgelaunt.

»Schon wieder oder immer noch?«

Paula konnte ihre Freundin nicht verstehen. Ständig versuchte sie mit allen Mitteln abzunehmen, dabei fand Paula sie überhaupt nicht zu dick. Aber Leonie sah das anders. Leonie steckte den Kopf in den Kühlschrank und tauchte mit einer Gummimöhre wieder auf. Sie drehte und drückte die welke Möhre und biss dann resigniert hinein. Paula verkniff sich einen weiteren Kommentar und berichtete stattdessen von Andreas Pfeifer und dem leeren Zimmer.

»Den nehmen wir uns am Nachmittag gleich noch mal vor. Wenn der kein astreines Alibi hat, ist er erst einmal mein Hauptverdächtiger«, nuschelte Tom mit vollem Mund. Paula wischte mit dem letzten Rest Brot ihren Teller blank und lehnte sich dann stöhnend im Stuhl zurück.

»Und jetzt noch zwei Stündchen Schlaf«, murmelte sie und gähnte herzhaft.

»Du meinst, der Andi hat seinen Vater umgebracht?« Oma Eri setzte sich ächzend auf einen Stuhl und starrte Paula und Tom an.

»Noch meinen wir gar nichts, aber die meisten Verbrechen werden nun mal von der unmittelbaren Verwandtschaft verübt. Da haben wir natürlich ein besonderes Auge auf den Sohn. Was ist denn das für einer?«, fragte Paula müde.

Oma Eri wackelte mit ihrem Kopf, wischte einige Krümel vom Tisch in ihre Hand und steckte sie sich in die kanarienbunte Kittelschürze.

»Ein wenig seltsam war der Andi zwar schon immer, aber seinen Vater umbringen …?« Grübelnd schob die alte Frau den Salzstreuer über den Tisch.

Paula war hellhörig geworden.

»Wie seltsam?«

»Na ja, schon als er noch ein Kind war, musste sein Vater besonders auf ihn aufpassen. Einmal hat der Andi dem Nachbarshund den Schwanz angezündet. Der ist dann jaulend durchs ganze Dorf gerannt, die arme Töle.«

»Wie jetzt? Der Andi ist ein Tierquäler?«, fragte entsetzt Leonie, die still an ihrer Möhre gekaut hatte. »Mensch, vielleicht hat der ja auch auf meine Pferde geschossen? Wieso hat mir das denn keiner gesagt?« Leonie war wütend.

»Nee, das glaub ich nicht. Nach dem Vorfall mit den Katzen war eigentlich Ruhe. Ich glaub, sein Vater hat ihm damals ordentlich die Leviten gelesen.« Oma Eri zupfte Leonie, die aufgesprungen war und aufgeregt durch die Küche tigerte, an der Hose.

»Was war mit den Katzen?«, zischte Leonie mit zusammengebissenen Zähnen.

»Der Andi hat wohl das Gewehr von seinem Vater gefunden und damit wochenlang auf die Tiere geschossen«, erzählte Oma Eri. »Erst als die Tierärztin immer wieder Geschosse aus den Tieren geholt hat, ist es aufgefallen. Hier hat ja noch fast jeder so ein Gewehr im Haus, aber der Andi ist gesehen worden, wie er damit herumgeballert hat. Nur dass er auf Katzen schießt, hat keiner geahnt.«

Leonie stand mit offenem Mund da und starrte Oma Eri an.

»Das war vor vier oder fünf Jahren. Seitdem war Ruhe.« Oma Eri zuckte entschuldigend mit den Schultern.

»Aber wieso ist keiner auf die Idee gekommen, erst einmal beim Andreas nachzuschauen, vielleicht hat er sich ja eine Armbrust angeschafft, mit der er jetzt auf Pferde und Menschen schießt?« Ungläubig sah Leonie zu Paula. »Vielleicht hätten wir uns die Nachtwache ersparen können, wenn hier mal jemand den Mund aufgemacht hätte? Und vielleicht würde der Horst dann noch leben?« Leonie hatte sich in Rage geschimpft.

»Der Horst hätte jeden in der Luft zerrissen, der den Andi verdächtigt hätte«, murmelte Oma Eri.

»Aber wahrscheinlich hat der Horst Pfeifer genau deshalb bei der Überwachung mitgemacht«, sagte Tom grübelnd. »Na klar, der musste seinen Sohn schützen. Bestimmt wollte er ihn aufhalten oder ihn erwischen, bevor es ein anderer tut.« Tom verschränkte die Arme vor der kräftigen Brust und lehnte sich zufrieden im Stuhl zurück. »Klassischer Fall von Hassliebe zwischen Vater und Sohn. Klappe zu, Fall gelöst!« Grinsend schaute Tom sich um, aber keine der Frauen ließ sich von seiner guten Laune anstecken.

In die Stille hinein ertönte plötzlich die Titelmelodie von *Miss Marple.* Paula schreckte zusammen und kramte ihr Handy aus der Jackentasche.

»Die Tatortgruppe ist fertig«, teilte sie eine Minute später mit. »Und wir sollen erst einmal zur Dienststelle kommen, der Staatsanwalt will uns sprechen.« Sie blickte zu Tom.

»Na ja, wenn unser Hauptverdächtiger eben erst ins Bett gegangen ist, wird er sicher auch in zwei Stunden noch da sein«, sagte Tom und erhob sich. »Oder sollten wir ihn besser gleich mitnehmen?«, fragte er Paula.

»Lass und erst einmal Bericht erstatten, mal sehen, was der Staatsanwalt sagt.« Paula erhob sich und nahm Leonie in den Arm, die die ganze Zeit aufgebracht durch die Küche gestapft war. »Wir kümmern uns jetzt um alles, okay?«

# 6. Kapitel

Ungeduldig wedelte der Staatsanwalt mit den Händen und wies Paula und Tom die Besuchersessel zu. Er zeigte sich naturgemäß wenig begeistert, als er hörte, welche Umstände zur Auffindung der Leiche geführt hatten. Bürgerwehr, wo gab es denn so etwas? Oder war in Kleinroda der Wilde Westen ausgebrochen?

Nachdem Paula ausführlich Bericht erstattet hatte, nickte der Staatsanwalt besänftigt vor sich hin. Auch er fand die Entwicklung vom Tierquäler zum Mörder recht plausibel, zumal das Opfer auch noch ein naher Verwandter war. Die Gelegenheit zum Mord hatte der Junge jedenfalls gehabt, und ein Motiv würde sich sicher bei einer intensiven Befragung auch finden.

»Na wenigstens scheint diesem Fall eine schnelle Aufklärung beschieden zu sein. Holen Sie diesen Andreas Pfeifer und finden Sie die Tatwaffe, dann können wir Anklage erheben.« Mit einem vorwurfsvollen Blick auf Toms Cowboystiefel waren sie entlassen.

Zwei Stunden später standen Paula und Tom mit einigen Kollegen vor dem Hof der Familie Pfeifer und drückten der verdutzten Witwe einen Durchsuchungsbefehl in die Hand.

Paula und Tom gingen mit Frau Pfeifer ins Haus, und die Kollegen begannen mit der Durchsuchung der Scheune.

»Könnten Sie bitte Ihren Sohn zu uns holen?«, fragte Paula bestimmt.

Frau Pfeifer stand stocksteif in der Küche und rührte sich

nicht. Paula warf Tom einen Blick zu und verließ die Küche auf der Suche nach Andreas. Tom würde sich schon um die Witwe kümmern. Zielsicher stieg Paula die Treppe hinauf und klopfte kurz an der Tür des Jugendzimmers, bevor sie diese schwungvoll öffnete. Wieder fand sie nur ein leeres Bett vor.

Paula schaute sich gründlich im Zimmer um. Überall lagen Klamotten herum. Auf einem Wandregal bemerkte sie die Reste einer Pizza, auf der sich bereits Schimmel gebildet hatte. Das Zimmer war recht klein. Nur das Bett, ein Schrank und ein Schreibtisch fanden darin Platz. Schnell durchsuchte sie alles, fand aber nichts Verdächtiges. Sie schaltete den Laptop an, der auf dem Schreibtisch zwischen Bergen von dreckigen Klamotten kaum auszumachen war. Da kein Passwortschutz eingerichtet war, konnte Paula sofort auf alle Dateien zugreifen. Nach einem prüfenden Blick auf den einzigen Stuhl im Raum setzte sie sich vorsichtig auf die vorderste Kante, da auf dem Sitzpolster einige nicht zu identifizierende Flecken waren. Minutenlang öffnete sie Datei um Datei, und gerade als sie die Lust am Rumschnüffeln verlieren wollte, fand sie einen Ordner mit Videos.

Gleich beim ersten Film sträubten sich ihr die Nackenhaare. Ein Junge, vielleicht vierzehn Jahre alt, war zu sehen. Er wurde von zwei älteren Jungs festgehalten und mit dem Kopf immer wieder in einen Brunnen getaucht. Anfeuernde Rufe waren zu hören, wahrscheinlich vom Videofilmer, und erst als sich zwei Passanten empört äußerten, ließen die beiden Halbstarken von dem Jungen ab. Mit lautem Gejohle zogen sie dann über einen Marktplatz, und nun identifizierte Paula den Brunnen auch als Bismarckbrunnen in Jena. Die Kamera machte einen Schwenk. Es erschien das Gesicht des Filmers in Siegerpose, und Paula erkannte Andreas Pfeifer. Noch vier weitere Filme dieser Art musste Paula sich anschauen. Immer filmte Andreas Pfeifer die Übergriffe auf Jugendliche und zeigte sich dann in Siegerpose. Erschöpft klappte Paula den Laptop zu. Als Erstes würden sie herausbekommen müssen, wer die zwei jungen Männer auf den Videos waren, die die Übergriffe zu verantworten hatten. Vielleicht hielt sich Andreas ja dort auf.

Sie blickte aus dem dreckigen Fenster und sah ihren Kollegen im Hof ein Weilchen bei der Arbeit zu. Dass Andreas Pfeifer offensichtlich verschwunden war, machte ihn umso verdächtiger. Grübelnd ging sie nach unten, den Laptop unter dem Arm.

Als sie zurück in die Küche kam, erspähte sie Tom und die schluchzende Frau Pfeifer. Darauf hatte sie jetzt echt keine Lust. Sie öffnete die Tür zum Arbeitszimmer und setzte sich dort in den Schreibtischsessel des Verstorbenen. Jetzt wusste sie auch, woher der Junior seine Schlampigkeit hatte. Hier sah es noch chaotischer aus als in Andreas' Zimmer. Offene Ordner lagen überall herum. Quittungen und Rechnungen flatterten vom Schreibtisch, als Paula sich setzte. Der Boden war voller Papiere. Hatte jemand hier etwas Bestimmtes gesucht, oder sah das immer so aus? Paula hob ein Blatt auf und überflog es. Offensichtlich ging es da um den Verkauf von mehreren Hektar Land. Gelangweilt packte sie das Blatt auf den Schreibtisch. Sie würden Wochen brauchen, um alles zu sichten. Sie würde ihren Kollegen Hase darum bitten, der machte so etwas doch gern. Gerade als sie die Papiere in einen Karton zu packen begann, kam einer ihrer Kollegen ins Haus gestürmt. In der Hand schwenkte er triumphierend eine Armbrust.

»Schau mal, Kollegin, was wir hier Schönes gefunden haben. Und Pfeile waren auch noch in dem Versteck«, verkündete der Kollege stolz.

Der Beamte reckte seine kräftige Brust und wartete auf Paulas Lob. Paula klopfte ihm auf die Schulter und verließ das Arbeitszimmer. Sollte dieser Fall tatsächlich so schnell aufgeklärt sein? In Gedanken sah sie Andreas Pfeifer vor sich. Wirklich ein unangenehmer junger Mann, aber ein Mörder? Es gehörte schon auch eine Portion Mut dazu, so einen Pfeil auf seinen Vater abzufeuern. Sehr mutig war ihr der Verdächtige aber nicht vorgekommen. Gerade weil er bislang nur auf wehrlose Tiere geschossen und bei den Angriffen auf die Jugendlichen feige die Kamera gehalten hatte. Vielleicht hatte Andreas Pfeifer für den Ernstfall geübt?

Kritisch schaute sie sich in der Scheune um. Das Versteck für die Armbrust war nicht sehr raffiniert gewählt. Die Waffe und die Pfeile hatten zwischen zwei Heuballen gelegen. Natürlich könnte es sich um eine x-beliebige Armbrust handeln, aber wenn die Pfeile und die Schlagkraft, die sie benötigten, um in das Opfer einzudringen, passten, dann sah es eng für Andreas aus.

Die Armbrust wurde ins Labor geschickt und der Verdächtige zur Fahndung ausgeschrieben. Nachdem Frau Pfeifer sich ein wenig von den Ereignissen erholt hatte, zeigte Paula ihr die Filme von Andreas. Entsetzt starrte sie auf den Bildschirm und schüttelte wie in Trance den Kopf.

»Kennen Sie vielleicht die beiden jungen Männer, mit denen Ihr Sohn da zusammen ist?«, fragte Paula behutsam.

Frau Pfeifer schüttelte nur stumm den Kopf, und als sie den Mund öffnete, kamen nur unverständliche Worte heraus. Es vergingen fünf Minuten, bis sie ihnen sagen konnte, dass sie die Jugendlichen auf den Videos nicht kannte, dass es vielleicht Freunde von Andreas aus seiner Ausbildung wären. Andreas wäre im zweiten Lehrjahr zum Mechatroniker in Jena. Nach Hause hätte er jedenfalls nie jemanden mitgebracht, stammelte Frau Pfeifer schluchzend. Viele Freunde hätte der Andi noch nie gehabt, der wäre immer eher ein Einzelgänger gewesen, schon in der Schule.

Paula ließ sich die Adresse des Ausbildungsbetriebes geben und verabschiedete sich von der erschöpften Frau. Sie tat ihr leid, wie sie da zusammengesunken auf dem Sofa saß. Ein toter Ehemann und der Sohn als Mordverdächtiger, das war wohl kaum zu überbieten.

Kaum in der Dienststelle angekommen, schnappte sich Paula ihre Zigaretten, ließ Tom mit Kollege Hase im Büro allein und zog sich auf die Feuertreppe zurück. Grübelnd rauchte sie eine Weile vor sich hin. Hätte sie sich um Leonies Tierquäler gekümmert, dann würde Horst Pfeifer vielleicht noch leben, dachte sie. Oder hatte das eine mit dem anderen gar nichts zu tun? Sie konnte sich dieses schmale Bürschlein einfach nicht als Mörder vorstellen. Fröstelnd drückte sie die Zigarette aus und ging zurück ins Büro.

Dort erwartete sie ein übelgelaunter Hase.

»Willst du umziehen und machst Zwischenstation in unserem Dienstzimmer, oder warum stehen hier Kartons rum?«, stichelte sie.

»Die fünf Kisten hat die Tatortgruppe eben hier abgeladen. Wer soll denn das alles sichten?« Resigniert schüttelte Hase seinen kleinen Kopf, und ein paar Haare fielen ihm über die Augen. Mit einer geschickten Handbewegung klatschte er sich die Haare wieder am Kopf fest und schaute Paula vorwurfsvoll an. »Hättest du dir das Zeug nicht an Ort und Stelle ansehen können?«

»Mensch Hase, ich weiß doch, wie gerne du in solchen Sachen rumwühlst, außerdem verstehe ich nicht die Bohne von dem Zeug. Da geht es um Kaufverträge und so. Du bist doch praktisch unser Experte dafür.« Einschmeichelnd lächelte Paula Hase an, der rot bis zu den Haarwurzeln wurde. »Aber zuallererst müssen wir rausbekommen, wer die beiden Burschen auf den Videos von Andreas Pfeifer sind.«

Fragend zog Hase die Stirn kraus, und Paula blickte sich suchend nach dem Laptop um.

»Schon erledigt!« Triumphierend sprang Tom auf und wedelte mit einem Zettel wild in der Luft herum. »Tja, wenn du nicht deinem Laster verfallen wärst, könntest du auch so rasche Ergebnisse erzielen.«

Paula verdrehte die Augen und streckte sich nach dem Blatt,

aber so schnell wollte Tom nicht aufgeben. Erst als Paula ein »super gemacht« herausquetschte, überließ Tom ihr den Zettel.

»Michael Kamm und Tobias Reichert, beide wohnhaft in Jena-Neulobeda«, las Paula vor. »Hey, das ist ja mein altes Plattenbauviertel, da kenn ich mich bestens aus. Komm, lass uns gleich mal sehen, ob wir die Burschen erwischen, obwohl ... Die werden sicher in der Schule sein.«

Paula lief aufgeregt im Zimmer herum. Dann blieb sie stehen und blickte Tom fragend an. Der grinste.

»Wir können gleich in dein altes Viertel fahren, der Michael Kamm zumindest ist zu Hause, er ist krankgemeldet«, sagte er.

Bittend sah Paula Hase an. »Du schaffst das doch hier alleine, oder?«

Grummelnd griff Hase nach dem ersten Karton und zog einen alten zerfledderten Ordner heraus. Paula warf ihm eine Kusshand zu und rauschte aus dem Zimmer.

»Und nachdem wir uns diesen Michael Kamm vorgenommen haben, muss ich unbedingt ein ernstes Wörtchen mit Leonie und vor allem mit Jan reden«, murmelte sie und rannte los. »Wollen wir vorher noch beim Polizeiposten Lobeda vorbeifahren und den Kollegen dort mitnehmen? Dann kann der sich nach unserer Befragung mit den Körperverletzungen auf den Videos befassen«, keuchte sie und hechtete weiter durch die langen Flure der Kriminalpolizeiinspektion.

»Super Idee, aber jetzt mach mal einen Tick langsamer. Meine neuen Stiefel sind noch nicht eingelaufen, und ich hab keine Lust auf Blasen«, sagte Tom, der ihr langsamer folgte.

Murrend bremste Paula ab und schielte auf Toms Stiefel. Wieder so auffällige Boots, und dann auch noch unbequem. Sie schüttelte verständnislos den Kopf, sagte aber nichts mehr.

Nach zehn Minuten Fahrt im Dienstwagen waren sie in Jena-Neulobeda angekommen. Da Tom am Steuer saß, konnte Paula in aller Ruhe ihre altes Viertel betrachten. Sie war schon lange nicht mehr hier gewesen, aber es hatte sich nicht viel verändert. Vielleicht ein wenig heruntergekommen sah alles aus, andererseits hatte die Stadt auch einige Wohnscheiben saniert und Spielplätze und Skaterbahnen angelegt.

»Dass du hier wohnen konntest«, sagte Tom angewidert.

»Wieso?«, fragte Paula erstaunt. »Früher war es ein Privileg, hier zu wohnen. Sie nannten das Vollkomfortwohnungen, und hier gab es alles, was man brauchte: Kaufhallen, einen riesigen Sportkomplex mit Schwimmhalle, Sporthallen und Sportplätzen und natürlich Schulen und Kindergärten.« Paula redete sich in Rage. »Ich jedenfalls hab mich in meinem Plattenbau sehr wohl gefühlt. Alle meine Freunde und Schulkameraden haben hier gewohnt, und es war immer was los. Wir waren jeden Tag mit dem Fahrrad unterwegs oder im Sportverein. Hab ich dir schon mal erzählt, dass ich hier drei Jahre lang Leichtathletik gemacht habe?«

»Mhm, hast du«, brummte Tom. »Da vorne ist der Polizeiposten. Der Kollege wartet offensichtlich schon auf uns.«

Polizeiobermeister Karl Genau war schon älteren Jahrgangs und hatte sich vor drei Jahren hierher versetzen lassen, um sich auf seinen Ruhestand vorzubereiten. Allerdings hatte sich seine Vorstellung von einem ruhigen Berufsalltag als Trug erwiesen und er sehnte sich mittlerweile an seinen alten Schreibtisch in der KPI Jena zurück. Da die Kollegen sich kannten, fiel die Begrüßung knapp und herzlich aus.

»Ich kenn die beiden Jungs«, eröffnete Karl Genau gleich das Gespräch. »Üble Burschen, einfach keinen Respekt vor gar nix. Die drangsalieren mir hier seit Monaten die Kids, aber bis jetzt konnte ich denen noch nichts nachweisen.«

»Na, dann sieh mal, was wir hier Schönes für dich haben«, sagte Tom grimmig und reichte Karl sein Handy.

Er hatte die Videos im Büro noch schnell auf sein Handy geladen. Während der Fahrt zu Michael Kamm schaute der Polizeiobermeister mit gequälter Miene die Filme an. »So eine Schweinerei«, grunzte er vor sich hin.

»Nummer vierundzwanzig, da wohnt unser Mann«, sagte Tom nach wenigen Minuten.

Die Wohnscheibe war ein typischer zehngeschossiger Gebäudeblock, und die Klingelanlage nahm eine komplette Wand im Eingangsbereich des Hauses ein. Die drei Beamten starrten auf die Schilder.

»Hab ihn«, sagte Paula und drückte nun wieder gutgelaunt die Klingel.

Ohne die Gegensprechanlage zu tätigen, drückte jemand den Summer, und die Eingangstür öffnete sich. Paula bugsierte die Kollegen zu den Fahrstühlen und drückte auf die Neun. Da der Fahrstuhl nur auf jeder dritten Etage hielt, mussten sie anschließend wieder ein Stockwerk hinuntergehen, um zur Wohneinheit zweiundachtzig zu gelangen.

»Man bekommt ja Alpträume in diesen Treppenhäusern«, sagte Tom.

»Aber man kann auch super Verstecken spielen, wenn das Wetter eklig ist.« Paula schaute ihn herausfordernd an und drückte energisch die Klingel.

Eine Frau in den Vierzigern öffnete die Tür und starrte sie an. Ihre Kleidung war praktisch und für das Sofa wie geschaffen, allerdings hätte ein sauberer Pulli ihr sicher besser gestanden als dieses undefinierbare Teil in Graugrün. Tom schob Paula beiseite und fragte höflich nach Michael Kamm, während er seine Dienstmarke zeigte. Sich ihres schmuddeligen Aufzugs anscheinend bewusst werdend, zerrte die Frau eine Strickjacke vom Haken und wickelte sich darin ein.

»Der ist krank, liegt in seinem Bett«, murmelte sie und nickte in Richtung eines Zimmers am Ende des kleinen Flurs. »Aber ich hab ihn doch bei seiner Lehrstelle entschuldigt. Seit wann kommt denn da gleich die Polizei?«

»Wir kommen auch nicht wegen der Krankschreibung Ihres Sohnes, sondern müssen ihn wegen einer Straftat vernehmen, in die er offensichtlich verwickelt ist«, erklärte Tom.

Die Frau wurde eine Spur blasser und bedeutete ihnen hereinzukommen. Tom nickte ihr mitfühlend zu und trat in den kleinen Flur.

»Aber Schuhe ausziehen!«, forderte Frau Kamm energisch.

Tom schaute verdutzt, Paula grinste und schlüpfte aus ihren Turnschuhen, auch Karl Genau streifte gleichmütig seine Halbschuhe ab.

»Nun mach schon«, forderte Paula Tom auf und klopfte bereits an der Zimmertür.

Tom starrte noch immer fragend auf seine Stiefel.

»Haben Sie vielleicht einen Stiefelknecht, sonst komm ich da nicht raus«, fragte er leise.

»Nee, so was hab ich nicht. Aber warten Sie mal kurz, ich zieh Ihnen einfach ein paar Plastiktüten über.«

Aufs tiefste gedemütigt, schlich Tom zwei Minuten später in Michael Kamms Zimmer. Paula konnte ein Lachen kaum unterdrücken, und Tom wusste, was ihm auf der Dienststelle blühte. Innerhalb kürzester Zeit würde die peinliche Stiefelaktion unter den Kollegen die Runde machen. Genervt versuchte er sich auf die Befragung zu konzentrieren, die bereits in vollem Gange war. Michael Kamm lag tatsächlich in seinem Bett, aber weder Schnupfen noch Husten plagten ihn.

»Da hat sich wohl mal einer gewehrt?«, murmelte Tom und betrachtete das rotschillernde Auge von Michael Kamm.

Ganz anders als der schmalschultrige Andreas war dieser Bursche ein kräftiger, fast bulliger Typ. Paula konnte sich gut vorstellen, warum Andreas sich ihn zum Freund gemacht hatte.

Michael Kamm stellte sich am Anfang der Befragung recht bockig, aber als sie ihm die Videos präsentierten, wurde er gesprächiger. Das würde alles schlimmer aussehen, als es in Wirklichkeit gewesen wäre, meinte er, und dass sie sowieso nur so getan hätten, als ob.

»Das werden wir die Opfer fragen, ob alles nur Spaß war, und dann sehen wir weiter«, sagte Karl Genau wütend.

Michael verzog das Gesicht zu einem bösen Grinsen.

»Du willst uns doch nur wieder eins auswischen, aber das kannst du knicken«, antwortete er frech.

»Seht ihr, mit was für einem Kaliber ich es hier Tag für Tag zu tun habe? Frech wie Oskar und kein bisschen Grips in der Birne«, regte Karl sich weiter auf.

Tom stellte sich vor Karl Genau, um die Situation in dem kleinen Zimmer zu entschärfen, und fragte dann:

»Was kannst du mir über Andreas Pfeifer erzählen? Weißt du, wo er sich im Moment aufhält?« Durchdringend blickte er Michael an. Er wusste, dass sie hier keine Informationen aus ihm herausbekommen würden, aber fragen musste er trotzdem.

»Alter, was weiß denn ich, wo der sich rumtreibt. Bin ja nicht sein Kindermädchen«, antwortete Michael prompt.

»Alles klar, ich überlass ihn jetzt noch kurz dir, und dann schauen wir mal bei Tobias Reichert vorbei«, sagte Tom an Karl gewandt.

»Ey, ihr könnt mich doch nicht mit diesem Psycho allein lassen.« Michael setzte sich in seinem Bett auf.

»Keine Sorge, Bürschchen, ich nehm nur deine Aussage zu diesen Videos auf, und dann wirst du zur Wache bestellt. Fressen tu ich dich erst dort.« Karl Genau zwinkerte Tom zu und zückte sein Notizbuch.

»Also hier hat sich Andreas schon mal nicht versteckt«, meinte Paula, als sie und Tom wieder im Treppenhaus waren.

Tobias Reichert wohnte praktischerweise zwei Etagen tiefer, und so nahmen sie die Treppen. Wieder klingelte Paula, und wieder öffnete ihnen eine Frau in den Vierzigern, aber im Unterschied zu Frau Kamm stand eine modisch gekleidete, dezent geschminkte und perfekt frisierte Dame vor ihnen. Paula zog erstaunt die Augenbrauen hoch, und Tom zog instinktiv den Bauch ein. Frau Reichert hielt sich nicht lange mit den Beamten auf, sie musste zu einem dringenden Termin und schickte sie kurzerhand in das Zimmer ihres Sohnes. Der schaute verdutzt von seinem Videospiel auf, als Paula und Tom zur Tür hereinkamen.

»Besonders krank siehst du ja nicht aus, oder wieso bist du nicht bei deiner Lehre?«, fragte Tom mit Blick auf den Bildschirm.

»Magen-Darm«, murmelte Tobias.

»Was ist dir denn auf den Magen geschlagen? Vielleicht der Mord an dem Vater deines Schulfreundes Andreas Pfeifer?«

»Was denn für ein Mord?«, murmelte Tobias.

»Ach komm, das glaub ich dir jetzt aber nicht«, meinte Tom und schaltete den Bildschirm aus.

»Hey, geht's noch? Sie kommen hier einfach so rein und belästigen mich, ohne dass ich irgendetwas gemacht habe«, brauste Tobias auf.

»Also, irgendetwas hast du gemacht, und dieses Mal kriege ich dich auch dran.« Karl Genau trat ins Zimmer.

»Boah, der schon wieder. Du kannst mir gar nichts«, motzte Tobias den Beamten an.

Böse lächelnd hielt nun Tom das Handy vor Tobias' Nase. Der wurde kreidebleich.

»Bevor sich der Kollege Genau damit befasst, möchte ich aber auch noch einmal auf Andreas Pfeifer zu sprechen kommen«, sagte Tom. »Weißt du, wo er sich zurzeit aufhält, und hattest du Kontakt zu ihm?«

Offenbar geschockt, dass die Beamten die Videos gefunden hatten, stammelte Tobias:

»So gut kennen wir den Andreas gar nicht. Der ist uns hinterhergelaufen, hat ständig genervt.«

»Weißt du, wo er sich versteckt halten könnte?«

»Wir waren nur einmal in seinem Kaff, und da hat uns sein Vater vom Hof gejagt, weil wir im Stall gek...« Abrupt stockte Tobias.

»Gekifft wolltest du sagen?«, beendete Tom für ihn den Satz.

»Und wo seid ihr dann hin, nach dem Rausschmiss?«, wandte Paula ein.

»In den Wald auf einen Hochsitz, aber das war arschkalt da, und deshalb sind wir auch gleich wieder abgehauen.«

»Würdest du den Hochsitz wiederfinden?«, fragte Paula.

»Nee, garantiert nicht. Da waren überall Bäume und so Zeug, und das sah alles gleich aus.«

Tom nickte zustimmend mit dem Kopf, er fühlte sich in der Stadt definitiv auch wohler als im Wald.

»Wenn der Andreas sich bei dir meldet, dann rufst du uns sofort an. Ist das klar?«, sagte Tom streng.

Tobias zog die Schultern hoch und schaute genervt.

»Ist das klar?«, fragte Tom noch eine Spur lauter. »Du hast jetzt eh schon genug an der Backe, aber wir können zur Körperverletzung auch noch Beihilfe zum Mord dranhängen.«

»Über den Mord weiß ich echt nichts. Ich hab den Andi auch schon seit zwei Tagen nicht mehr gesprochen.« Ein flehender Unterton hatte sich bei Tobias eingeschlichen, und Tom nickte zufrieden.

»Kommst du alleine klar, oder sollen wir warten, bis du hier fertig bist?«, fragte Tom Karl Genau.

»Bleibt die paar Minuten lieber in der Nähe, bei den Kids heutzutage weiß man nie, was die sich so ausdenken. Nachher behauptet der noch sonst was.«

Paula und Tom waren einverstanden und zogen sich in den Flur zurück, um sich zu beraten. Die Befragung der Burschen hatte nichts gebracht.

Die Fahndung nach Andreas Pfeifer war organisiert, sämtliche Polizeireviere hatten ein Foto und die Daten des Verdächtigen. Im Jenaer Umland fanden verstärkt Verkehrs- und Personenüberprüfungen statt. Paula und Tom blieb erst einmal nichts weiter zu tun, als zur Dienststelle zurückzukehren.

Nachdem Polizeiobermeister Genau die Daten von Tobias Reichert und seine Aussage zu den Videos aufgenommen hatte, brachten die beiden ihn zu seinem Polizeiposten zurück. In bester Laune, weil er die jungen Männer endlich einer Straftat überführen konnte, wollte Kollege Genau nun genau wissen, wie das Leben und Arbeiten in Paulas Polizeiposten war.

»Eher ruhig«, sagte Paula vorsichtig.

Karl Genaus Augen bekamen einen verträumten Glanz.

»Kann ich euch bei Gelegenheit einmal besuchen?«, fragte er.

»Klar, dann kannst du auch meinen jungen Kollegen kennenlernen und ihn an deinem sicher unerschöpflichen Polizeiwissen teilhaben lassen.« Paula stellte sich vor, wie Karl stundenlang in Geschichten schwelgen würde und wie Jan diese über sich ergehen lassen müsste. Das war sicher Strafe genug für ihren ungestümen Kollegen.

Auf der Fahrt zur Dienststelle grübelte Tom schweigend vor sich hin, auch Paula war in sich gekehrt.

Im Büro angekommen, verzog Paula sich auf die Feuertreppe, und Tom checkte die neuesten E-Mails. Gerade als sie von ihrer Raucherpause zurückkam, fragte Tom:

»Wissen wir denn schon etwas über die Pfeile? Ist da schon jemand dran?«

Paula und Hase schüttelten synchron den Kopf. Tom griff

zum Telefon und nicht nur der Chef der Spurensicherung wirkte leicht überrascht, als Tom ihm seine Hilfe anbot. Auch Paula schaute ihren Kollegen fragend an. Die Hilfe wurde dankend angenommen, und lächelnd beendete Tom das Gespräch. Er zuckte entschuldigend mit den Schultern.

»Ich glaube, das ist unsere heißeste Spur. Wenn wir rausbekommen können, wo die Armbrust und die Pfeile gekauft wurden und vor allem von wem, dann hätten wir einen stichhaltigen Beweis. Die Tatortgruppe hat vorhin per E-Mail Bilder der Pfeile geschickt, und ich glaube, das sind keine normalen Pfeile. Die bekommst du nicht einfach so im Laden zu kaufen. Die haben besondere Spitzen, sieht fast wie eine Sonderanfertigung aus.«

Paulas Gesicht war ein einziges Fragezeichen.

»Ich war früher mal in einem Bogenschützenverein, aber nur ein halbes Jahr, dann bin ich zum Fechten gewechselt«, erklärte Tom.

Paula klappte abrupt ihren offen stehenden Mund zu, so dass ihre Zähne laut aufeinanderschlugen. Fechten – das erklärte wohl auch den tänzelnden Gang auf der Wiese heute Nacht. Sie drehte sich schnell zum Fenster und versuchte sich das Grinsen zu verkneifen. Sie kannte Tom schon seit ein paar Jahren, aber es kamen immer wieder neue Seiten an ihm zutage. Sie mochte ihren Kollegen sehr gern, aber ihn zu reizen und zur Weißglut zu bringen, konnte sie sich nur schlecht verkneifen.

»Gut, dann kümmerst du dich um die Pfeile, klapperst Vereine ab und recherchierst wo auch immer. Ich helfe Hase«, sagte Paula.

Es wurde still im Dienstzimmer. Man hörte nur noch das Rascheln der Blätter und den Straßenlärm durch die Fenster dringen.

Es war bereits später Nachmittag, als die drei Beamten sich im Dienstzimmer einfanden. Tom berichtete von Recherchen zu den

Pfeilen, die doch aufwendiger wären, als er gedacht hätte. Es würde einige Internetanbieter geben, die diese Art von Pfeilen, die in Horst Pfeifer gesteckt hatten, vertrieben. Er müsste wohl oder übel noch ein paar Stunden oder sogar Nächte opfern, bevor mit Ergebnissen zu rechnen wäre, meinte Tom enttäuscht darüber, keine schnellen Ergebnisse liefern zu können.

Hase zeigte stumm auf mehrere Stapel Papiere und gähnte ausgiebig.

»Wir haben erst einmal angefangen, dieses Chaos zu ordnen. Das meiste sind Steuerunterlagen, ich brauch da noch ein paar Stunden, um durchzublicken.«

Paula nickte müde, und als auch Tom zu einem Gähnen ansetzte, raffte sie sich auf und öffnete ein Fenster. Sie hatten in der letzten Nacht nur ein paar Stunden Schlaf bekommen, und nun waren ihre Reserven aufgebraucht.

»Eigentlich wollten wir heute noch einmal die Mutter von Andreas Pfeifer verhören, aber ich denke, das kann auch bis morgen früh warten«, sagte Paula und erhob sich ächzend aus ihrem Bürosessel. »Ich geh jetzt noch eine rauchen und dann nach Hause.«

Auf der Plattform der Feuertreppe, hatte sie sich ihre persönliche Raucherinsel eingerichtet. Hier konnte sie ungestört ihren Gedanken nachhängen. Gierig zog Paula an ihrer Zigarette, und dann huschte ein Lächeln über ihr Gesicht, als sie an Max dachte. Was würde sie nur ohne ihn machen? Mittlerweile waren seine Besuche auf Leonies Hof ein fester Bestandteil des Zusammenlebens geworden. Am Wochenende half er trotz der vielen Arbeit, die er auf seinem Hof hatte, bei den Pferdeställen mit, und wenn es etwas zu reparieren gab, dann erledigte Max dies ohne viel Aufhebens. Heftig überwältigte sie die Sehnsucht nach seiner Wärme und seinem Geruch. Sie wühlte ihr Handy aus der Hosentasche und rief ihn an.

Minuten später stand sie vor dem Polizeigebäude und schaute erwartungsvoll auf die Straße.

Er musste alles stehen und liegen gelassen haben, denn nur Sekunden später hielt er mit kreischenden Bremsen vor Paula. Ihre Stimme am Telefon hatte ihm alles gesagt. Er stieg aus und nahm Paula fest in die Arme. Einen Mord steckte man nicht einfach so weg und ging zur Tagesordnung über, auch Paula nicht, aber das wussten nur wenige.

Wie ein Kind führte Max sie zum Wagen, öffnete die Beifahrertür und setzte sie auf den Sitz. Paula sagte kein Wort, aber das brauchte sie auch nicht. Die Tränen, die ihr nun übers Gesicht flossen, sagten genug.

Später lagen sie eng zusammengekuschelt in Paulas Bett. Die Tränen wurden weniger. Paulas Finger nestelten an Max Hemdknöpfen.

»Du müffelst«, kicherte sie und schniefte. Langsam öffnete sie das Hemd Knopf für Knopf.

»Ich bin ja auch noch nicht zum Duschen gekommen«, nuschelte Max und vergrub seine Nase in Paulas Haar.

Ihre Sehnsucht und Leidenschaft erwachten und rissen Max mit sich. Hemmungslos fiel Paula über Max her. Beinahe bewegungslos ließ er den Sturm über sich austoben. Paula war wie eine Ertrinkende, und Max zu lieben war ihre Rettung.

# 7. Kapitel

Ein mürrisch dreinblickender Hase empfing Paula am nächsten Morgen.

»Sag mal, wieso bist du denn gestern Abend einfach so abgehauen, ich hätte deine Hilfe schon noch brauchen können.«

»Tut mir leid, Hase, aber bei mir war plötzlich die Luft raus«, murmelte Paula und ließ sich ächzend auf ihren Stuhl sinken. »Hast du denn noch was Brauchbares finden können in diesem Chaos?«

Noch nicht ganz besänftigt ob ihrer lahmen Entschuldigung, fledderte Hase ihr einige Papiere auf den Tisch und verließ wortlos das Zimmer.

»Weiber …«, murmelte Paula.

Manchmal war Hase aber auch wirklich empfindlich wie eine Mimose. Ein kurzes Schulterzucken, dann griff sie zur ersten Seite. Es handelte sich um einen Kaufvertrag über einige Hektar Land in der Nähe des Dorfes. Gekauft hatte es das Opfer von seinem Nachbarn Bernd Seiffert. Da sich ihre Ermittlungen heute auf Kleinroda konzentrieren würden, stand dieser Bernd sowieso auf ihrer Liste. Das zweite Papier war ebenfalls ein Kaufvertrag, hier hatte das Opfer Holz an ein Sägewerk verkauft. Als Paula die Summe sah, pfiff sie anerkennend durch die Zähne. Beinahe zehntausend Euro hatte Horst Pfeifer für sein Holz erhalten. Ihr Gespräch mit dem Förster fiel ihr wieder ein, ihn würde sie auch noch einmal befragen. Dann kam eine Kündigung für einen Pachtvertrag ausgerechnet über die große Schafswiese, auf der

Horst Pfeifer ermordet worden war. Ein Zufall? Paula versuchte sich an den Bauern zu erinnern, der ihnen in der Nacht geholfen hatte, die Schafe vom Tatort zu vertreiben, aber sie sah nur die gestreifte Schlafanzughose, die in großen schwarzen Gummistiefeln gesteckt hatte, und einen Schlapphut vor sich. Der kam also auch auf die Liste. Paula wusste inzwischen, dass Horst Pfeifer der Leiter der hiesigen Agrargenossenschaft gewesen war, dort würden sie auch noch ihre Fragen stellen müssen.

Lautes Getrappel im Flur kündigte ihren Kollegen an. Tom kam zu Tür hereingestürmt.

»Sorry, ich hab echt verpennt, aber die Sofie kam gestern Abend noch vorbei …«, mit Schwung warf sich Tom in seinen Bürostuhl.

»Irgendwann krachst du mitsamt deinem Stuhl zusammen. Willst du dir nicht mal einen extra verstärkten besorgen? Bei deinem Gewicht macht der das nicht mehr lange mit.« Paula verzog das Gesicht.

»Na hör mal, der Stuhl trägt mich jetzt schon Ewigkeiten, nur weil der mal knarzt, muss ich den ja nicht gleich austauschen. Außerdem, was heißt denn hier bei deinem Gewicht? Ich habe zwei Kilo abgenommen, das musst du doch gesehen haben?« Selbstzufrieden rieb sich Tom über seine breite Brust und meinte: »Seit ich die Sofie kenne, bin ich körperlich voll ausgelastet.«

»Ist ja schon gut«, würgte Paula ihren Kollegen ab, denn wenn Tom erst einmal ins Schwärmen über seine Frauenbekanntschaften geriet, hörte er so schnell nicht wieder auf.

»Brauchst es dir hier gar nicht gemütlich zu machen, wir müssen los.« Paula raffte die Papiere von ihrem Schreibtisch und stopfte sie in ihre alte abgewetzte Umhängetasche. »Die Rechtsmedizin hat eben angerufen. Die Obduktion findet heute Morgen statt, da müssen wir also erst noch hin, bevor wir mit den Befragungen in Kleinroda starten.

»Ich hab noch nicht mal gefrühstückt, und du willst mich in dieses Grusellabor zerren«, murrte Tom.

»Ich will dich nirgendwo hin zerren, aber so sind nun mal die Vorschriften. Ein Beamter muss bei den Obduktionen anwesend sein.«

»Eben, *ein* Beamter«, nuschelte Tom.

»Ach, und das darf natürlich wieder ich sein?«

»Du gehst doch sowieso gerne hin. Warum muss ich dann auch noch mit?«

Paula zog die Augenbrauen hoch und schniefte.

»Okay, ich geh alleine, aber das kostet dich eine Pizza und Bier. Einverstanden?«

Aufatmend nickte Tom und verließ schleunigst das Büro Richtung Toilette, damit Paula es sich noch einmal anders überlegte.

Das Rechtmedizinische Institut Jena befand sich in einem großen alten Gebäude am Fürstengraben. Wie schon oft betrachtete Paula das Haus und fand, dass es genauso traurig aussah wie das, was in seinem Inneren geschah. Fast der gesamte Putz war von der Fassade abgefallen, und nichts erinnerte an die Glanzzeiten dieses altehrwürdigen Gebäudes.

Als ehemaliges Hauptgebäude der Universität Jena hatte es schon bessere Zeiten gesehen. Nun verfiel es zusehends, und das machte Paula beinahe noch trauriger als die Leichenschau, die ihr bevorstand.

Da bei einer Obduktion neben den beiden Rechtsmedizinern und dem Präparator auch immer ein Vertreter der Polizei anwesend sein musste, war diese Aufgabe wieder einmal auf sie gefallen. Tom hatte die erste Zeit wirklich versucht mitzukommen, aber jedes Mal war er grün im Gesicht aus dem Gebäude gewankt und den Rest des Tages nicht mehr zu gebrauchen gewesen. Das kratzte natürlich an seinem männlichen Ego. Sie packte ihn auch regelmäßig an seiner Ehre und schlug Pizza, Bier oder andere kleine Gefälligkeiten heraus.

Für Paula waren die Gerüche der unangenehmste Teil einer Leichenschau. Bei dieser Obduktion allerdings war nicht mit üblen Gerüchen zu rechnen. Geradezu taufrisch kam Horst Pfeifer auf den blanken Edelstahltisch. Der Präparator hatte den Leichnam bereits entkleidet und die Sachen in Tüten gepackt. Die Kleidung sowie die beiden Pfeile würden später auf DNA-Spuren untersucht werden. Die Rechtsmedizinerin Katja Blume nickte ihr lächelnd zu und erkundigte sich nach Tom. Paula zuckte mit den Schultern und verzog das Gesicht in Richtung Edelstahltisch.

Enttäuscht verzog Katja Blume das Gesicht, nutzte sie doch jede sich bietende Gelegenheit, dem Kripobeamten ein wenig näherzukommen. Leider hatte Tom sich bis jetzt blind und taub gestellt, wenn sie mit ihm geflirtet hatte. Sie musste zugeben, sie war mit ihren Anfang vierzig nicht mehr ganz taufrisch, aber sie hielt sich mit regelmäßigem Fitnesstraining, Saunabesuchen und gesundem Essen fit. Vielleicht war sie ihm zu groß, überlegte sie weiter. Viele Männer hatten Angst vor großen Frauen. Oder stand er nur auf Spargeltanten und machte sich nichts aus üppigen Rundungen? Nachdenklich strich sie ihren groben grünen OP-Kittel glatt und fuhr mit den Händen ihre Taille und den Po hinunter. Irgendwann würde sie ihn sich schon noch krallen, dachte sie lächelnd und begann mit der äußeren Leichenschau.

Paula stellte sich ein wenig abseits, um den beiden Rechtsmedizinern so wenig wie möglich im Wege zu stehen, und beschränkte sich aufs Zuhören. Jeder Handgriff wurde dokumentiert und von einem Aufnahmegerät aufgezeichnet. Nachdem die äußere Leichenschau keine weiteren Verletzungen zutage brachte, griff Katja Blume zum Skalpell. Wie zu erwarten, war Horst Pfeifer an den Folgen der eingedrungenen Pfeile gestorben. Ein Pfeil hatte das Herz durchbohrt, der andere war von einer Rippe abgerutscht und in die Lunge eingedrungen. Horst Pfeifer war innerhalb von Sekunden gestorben.

Nach zwei Stunden war die Obduktion beendet. Normalerweise gönnte Paula sich gemeinsam mit Katja Blume nach jeder Leichenschau einen Ausflug in den Botanischen Garten gleich gegenüber, aber heute wartete Tom auf sie. Enttäuscht blickte die Rechtsmedizinerin ihr hinterher, als sie das Gebäude verließ.

»Nun komm schon, wir haben jede Menge Leute zu befragen«, motzte sie, als sie zurück in der Dienststelle war.

»Kann ich mir wenigstens noch einen Kaffee für unterwegs ziehen?«, maulte Tom.

»Wie ich dich kenne, futterst du dich doch sowieso wieder durch die Befragungen, oder?«

»Ja, da kann ich ja nun nichts für, wenn die Leutchen mir immer so leckere Sachen anbieten.« Toms Laune war bei der Aussicht auf ein kräftiges Bauernfrühstück sprungartig gestiegen. Einen Kaffee würde er garantiert auch bekommen.

Im Wagen berichtete Paula kurz von den Ergebnissen der Obduktion, dann lehnte Tom sich entspannt im Beifahrersitz zurück und schloss die Augen.

Minuten später wurde er abrupt nach vorn geschleudert.

»Endstation«, rief Paula und sprang aus dem Wagen.

Tom folgte ihr ergeben.

»Als Erstes befragen wir den Nachbarn des Opfers und arbeiten uns von dort aus weiter.« Energisch drückte Paula auf die Klingel von Bernd Seiffert.

Eine winzige, alte Frau öffnete ihnen die Tür. Paula beugte sich zu ihr hinunter und flüsterte beinahe, da sie befürchtete, dass der kleinste Windhauch die alte Dame wegfegen würde.

»Ich bin Kriminaloberkommissarin Paula Mälzer und das ist mein Kollege Tom Gerlach. Wir untersuchen den Tod Ihres

Nachbarn Horst Pfeifer. Könnten wir Ihnen und Ihrer Familie ein paar Fragen stellen?«

»Hab nur den einen. Iss aufm Trecker, da hingene. Kommse rein, hab grad Kaffee fertig.« Mit diesen Worten schlurfte Oma Däumelinchen in die Küche, und Paula und Tom folgten brav.

Als Paula Toms verständnislosen Blick sah, übersetzte sie noch einmal das Gesagte:

»Also Frau Seiffert, Sie haben nur den einen Sohn und der fährt gerade Traktor hinten auf dem Feld?«

Die alte Frau nickte mürrisch.

Im folgenden Gespräch musste Paula einige Male für Tom dolmetschen, und Oma Däumelinchen wurde immer mürrischer. Was für begriffsstutzige Städter, dachte sie.

Nachdem sie so gut wie nichts erfahren hatten, außer dass man über Tote nicht schlecht sprechen soll, verabschiedeten sich die Beamten und standen einige Minuten ratlos vor dem Hof.

»Was war denn das für eine Alte?«, fragte Tom genervt und betrachtete das ziemlich heruntergekommene Dach des Wohnhauses der Seifferts. »Hoffentlich sind die hier nicht alle so schrullig, sonst laufen wir voll ins Leere, und der Kaffee schmeckte auch grauselig.« Tom schüttelte sich, als er an die dünne Plörre dachte, die ihnen vorgesetzt worden war.

»Vielleicht haben wir beim Sohn mehr Glück«, sagte Paula. »Den befragen wir, wenn wir zur Agrargenossenschaft gehen. Zumindest haben wir erfahren, dass er dort arbeitet.«

Der Nächste auf der Liste war Klaus Möller, der Schafbauer von letzter Nacht. Dieses Mal ließ Paula Tom den Vortritt. Da Tom schon Bekanntschaft mit Hofhunden gemacht hatte, war er auf der Hut. Er hatte die Hand noch nicht an der Klingel, da schnaubte und knurrte ihn nur Zentimeter von seinen Stiefeln entfernt eine Hundeschnauze durch ein Loch im Tor an. Schnell sprang Tom einen Schritt zurück und fluchte heftig. Paula konnte sich ein Gackern nicht verkneifen, schaute aber lieber noch einmal genauer, ob der Hund sich nicht doch durch das Loch im Tor quetschen konnte. Einigermaßen beruhigt drückte sie die Klingel. Schlagartig verwandelte sich das Knurren in ohrenbetäubendes Gebell, und beide gingen schnell einen Schritt zurück. Paula rollte mit den Augen, und Tom griff fragend zur Waffe. Sie rollte wieder heftig mit den Augen und schüttelte den Kopf.

»Hasso, aus!«

»Sie können jetzt reinkommen!«, dröhnte eine Stimme aus dem Hof.

Paula nickte Tom aufmunternd zu.

Vorsichtig drückte dieser die Hoftür auf und stellte erleichtert fest, dass der Hund brav neben seinem Herrchen lag.

»Na endlich, kommen Sie rein, ich muss gleich weg. Ich hab nur auf Sie gewartet, dachte mir ja, dass Sie noch Fragen an mich haben. Aber dann muss ich mich endlich um meine Schafe kümmern.« Der Mann verschwand im Haus.

Tom und Paula standen allein im Hof und starrten den Hund an.

»Ein Rottweiler?«, flüsterte Paula. »Los, geh zu, eh der hier wieder aufwacht und uns zerfleischt.«

Diese Bemerkung hatte der Schäfer gehört und hielt ihnen erst einmal einen Vortrag über Hunderassen, nachdem sie alle drei in der Küche Platz genommen hatten.

»Und übrigens ist das ein Schafspudel, den ich bei meiner Arbeit brauche.«

In einer Atempause fragte Paula den Schäfer nach seinem Verhältnis zum Opfer. Vollkommen aus dem Konzept gebracht, stotterte dieser:

»Ich … ich hab doch kein Verhältnis mit dem Horst gehabt, ich bin doch verheiratet.«

Paula und Tom schauten sich fragend an.

»Ich meinte, wie verstanden Sie sich mit Horst Pfeifer, hatten Sie geschäftlich mit ihm zu tun, solche Sachen«, versuchte es Paula erneut.

»Ach so.« Verschämt kratzte Klaus Möller sich am grauen Haarschopf. »Hier hatte doch fast jeder mit dem Horst irgendwelche Geschäfte am Laufen. Ich habe von ihm meine Wiesen für die Schafe gepachtet.«

Paula und Tom schwiegen und warteten auf weitere Erklärungen. Möller rutschte unruhig auf seiner Küchenbank hin und her.

»Also gut, ich hab den Horst nie leiden können, aber der hat sich ja auch mit fast allen aus dem Dorf zerstritten. So ein geldgeiles Schwein wie der war.« Erschrocken hielt Klaus Möller inne und stotterte dann: »Aber ich hab den nicht auf dem Gewissen. Ich lag im Bett neben meiner Frau, die können Sie gerne fragen.«

»Was hatten Sie denn nun eigentlich gegen den Horst Pfeifer, gibt es einen bestimmten Anlass für Ihren Ärger?«, fragte Tom.

Der Schäfer warf sich auf seiner Bank zurück, verschränkte die wuchtigen Arme vor seiner Brust und nickte dann vor sich hin.

»Der hat mir sämtliche Wiesen gekündigt, stellen Sie sich das einmal vor. Wo soll ich denn jetzt mit meinen Schafen hin? Ich kann ja schlecht sechzig Tiere mit ins Wohnzimmer nehmen, aber der Horst hat nur gelacht und gemeint, ich soll sie zum Schlachter geben, die würden eh keinen Gewinn erwirtschaften.« Völlig außer sich hielt es ihn nicht mehr auf der Küchenbank. Er rannte zur Tür hinaus.

»Gerda«, rief er, »komm her und sag den Beamten, dass ich in der Mordnacht neben dir im Bett lag und den Horst nicht umgebracht habe.«

Gerda Möller schlurfte in ausgelatschten Hausschuhen in die Küche.

»Also, wir sind wie immer gegen halb elf ins Bett«, erklärte sie langsam, »und mein Mann hat sich noch ewig im Bett hin und her gewälzt, wahrscheinlich hat ihm das mit dem Tierquäler zu schaffen gemacht. Aber schließlich ist er kein junger Mann mehr, der sich die ganze Nacht auf die Lauer legen kann. Schon gar nicht bei diesem feuchtkalten Wetter. Da reißt es dem Klaus immer im Rücken.«

»Wenn das kein Alibi ist …«, murmelte Paula. »Der Horst Pfeifer ist aber schon mit auf Wachposten gegangen, wissen Sie warum? Hat der hier auch Tiere auf den Wiesen?«, fragte sie lauter.

»Nee, also das hat uns auch gewundert, dass der Horst da mitgemacht hat. War sonst überhaupt nicht seine Art, freiwillig und ohne etwas zu verdienen zu helfen«, übernahm Frau Möller das Gespräch.

Während sie redete, packte sie Brot und Wurst auf den Küchentisch. Tom bekam glänzende Augen, als ihm der Duft all der selbstgemachten Köstlichkeiten in die Nase stieg.

»Endlich …«, stöhnte er leise und wurde mit einem strafenden Blick Paulas bedacht.

Zu dem deftigen Frühstück tischte Frau Möller den beiden Beamten auch noch eine Portion Dorftratsch auf.

Als Paula und Tom eine halbe Stunde später wieder vor dem Hof standen, rülpste Tom ungeniert und meinte:

»Unser Opfer scheint ja ein ausgemachtes Schlitzohr gewesen zu sein, wenn man der guten Frau Möller Glauben schenken will. Das Meiste weiß sie wohl nur vom Hörensagen, außer was die Kündigung des Pachtvertrags angeht. Aber das ist eher kein Mordmotiv.«

»Wer weiß das schon, was einem zum Mord treibt?«, orakelte Paula und schaute auf ihre Liste.

Als Nächsten wollten sie Rainer Schmitt aufsuchen. Dieser hatte auf den Wiesen mit Wache gehalten, hatte ihr Leonie berichtet. Allerdings war von Rainer Schmitt keine Spur zu sehen gewesen, als sie das Opfer fanden. Auch später hatte dieser sich nicht bei ihnen gemeldet. Höchst verdächtig und höchste Zeit, sich diesen Rainer Schmitt einmal etwas genauer anzusehen, dachte Paula.

# 8. Kapitel

Leonies Schock über den Mord an Horst Pfeifer ließ langsam nach. Die Ereignisse des gestrigen Tages hatte sie wie durch einen Nebelschleier wahrgenommen. Nun lichtete sich der Nebel, und die Schuldgefühle holten sie ein. Die Arbeit auf dem Hof und mit ihren Pferden lenkte sie ein wenig ab, aber immer wieder grübelte sie, ob sie Schuld war an Horst Pfeifers tot. Vor Paula hatte sie sich regelrecht versteckt, um ihr nicht Rede und Antwort stehen zu müssen, das würde schon noch früh genug auf sie zukommen.

Sie beschloss, einen kurzen Ausritt zu machen. Ihre Stute brauchte dringend Bewegung, da sie im Moment in ihrer Box bleiben musste, damit die Wunden, die die Pfeile ihr zugefügt hatten, nicht auf der Koppel verschmutzten. Schnell schlüpfte sie aus dem Bett, nahm sich in der Küche ein trockenes Brötchen und verschwand im Stall.

Leonie sattelte ihre Stute, um ihre übliche Runde durch den Wald zu machen. Heute würde ihr sicherlich kein riesiger Holzlaster den Weg versperren.

Der Himmel war düster. Lena war nervös und tänzelte auf dem Waldweg herum. Leonie machte die Schüsse auf ihr Pferd und die ungewohnte Boxenruhe dafür verantwortlich, aber je tiefer sie in den Wald kamen, umso schreckhafter wurde die Stute. Ständig schnaubte sie aufgeregt durch die Nüstern, und beim kleinsten Geräusch zuckte sie zusammen. Aufmerksam schaute Leonie sich um, konnte aber nichts Ungewöhnliches entdecken.

Vielleicht war vor kurzem eine Rotte Wildschweine hier durch gezogen, dachte sie und trieb ihr Pferd ein wenig an.

Plötzlich knackte es laut im Unterholz, und Lena machte einen mächtigen Satz zu Seite. Nur knapp hielt sich Leonie auf ihrem Pferd. Es wurde ihr ein wenig mulmig zumute. Trieb sich hier etwa jemand herum und beobachtete sie heimlich, oder spielte die Angst ihr einen Streich? Vorsichtshalber stieg sie ab und führte Lena den Waldweg entlang. Vielleicht sollte sie tiefer in den Wald gehen, anstatt hier für jedermann sichtbar zu spazieren. Schließlich waren der Mörder und der Tierquäler noch nicht gefasst. Wieso war sie bloß auf die dumme Idee gekommen, in den Wald zu reiten. Sie hätte auch gut ein paar Runden auf dem Platz drehen können.

Wieder knackte es nur ein paar Meter von ihr entfernt. Leonie starrte in die Richtung, aus der das Geräusch gekommen war, konnte aber nichts erkennen. Das Unterholz wuchs hier sehr dicht. Sie blickte sich um und beschloss, die entgegengesetzte Richtung einzuschlagen. Ein schmaler Pfad führte vom Waldweg ab, den nahmen sie. Lena beruhigte sich zusehends, und nach einigen Minuten stieg Leonie wieder auf ihre Stute.

Nur schnell nach Hause jetzt und keine Ausritte in den Wald mehr, bevor der Mörder und der Tierquäler nicht geschnappt waren, schwor sie sich gerade, als ihr Blick an einem Hochstand hängenblieb. Ihr stockte der Atem. War da nicht gerade jemand auf dem Hochsitz gewesen und hatte sie beobachtet? Leonie starrte auf die kleine Luke im Hochsitz. War das nicht der Andreas dort oben? Jan Weinreich hatte ihr erzählt, dass die Polizei wahrscheinlich die Tatwaffe bei Andreas gefunden hatte und dieser verschwunden war. Leonie saß stocksteif im Sattel, und Lena wurde wieder unruhig.

Plötzlich stieg die Stute, warf sich herum und galoppierte blitzschnell den Pfad zurück. Leonie schlang ihre Arme um den kräftigen Hals des Pferdes. Nur jetzt nicht vom Pferd fallen, dachte sie. Lena würde sie schon sicher hier herausbringen, es sei denn, ein Ast fegte sie aus dem Sattel. Schon waren sie wieder auf dem breiten Waldweg. Endlich bekam Leonie die Zügel wieder zu fassen. Ein beherztes Ziehen und ein beruhigendes »Hoooh«, und Lena fiel in einen zuckelnden Trab und ging schließlich wieder brav im Schritt. Leonie tätschelte erleichtert den Hals der Stute.

Ich muss Paula anrufen, dachte sie. Ihre Hände suchten nach dem Handy, aber ihre Taschen waren leer. Mist, dabei hatte sie sich fest vorgenommen, nie ohne Handy auszureiten. Ausgerechnet heute hatte sie es vergessen. Leonie blickte sich prüfend um. Nie und nimmer war Andreas schneller im Wald vorwärtsgekommen als sie beide eben. Den Rückweg würden sie jetzt zügig reiten, dann konnte ihnen nichts mehr passieren.

Paula und Tom standen vor dem Haus von Rainer Schmitt, als Leonies Anruf eintraf. Aufgeregt schilderte sie ihren Ausritt und dass sie glaubte, auf einem Hochsitz Andreas gesehen zu haben. Paula überlegte. Ergab es Sinn, Andreas suchen zu lassen, oder hatte er längst das Weite gesucht? Es war noch nicht viel Zeit vergangen. Leonie hatte nur eine Viertelstunde für den Heimweg gebraucht. Wenn Andreas zu Fuß unterwegs war, dann hatten sie noch eine Chance, ihn zu finden. Paula wusste von Frau Pfeifer, dass Andreas' Moped mit ihm verschwunden war. Sie mussten es trotzdem versuchen.

Tom schaute sie fragend an. Sie setzte ihn ins Bild und veranlasste dann über die Dienststelle, dass eine intensive Suche nach Andreas Pfeifer durchgeführt wurde. Die Kollegen würden sich auf alle Straßen und Wege konzentrieren, die aus dem Wald führten.

»Wir werden Rainer Schmitt später befragen.« Paula packte Tom am Arm und zog ihn in Richtung Leonies Hof. »Vorher wollen wir uns noch den Hochsitz anschauen. Vielleicht finden wir ja Spuren, die uns zu Andreas Pfeifer führen. Komm, wir holen Leonie ab.«

Ein paar Minuten später standen Paula und Tom in Oma Eris Küche. Ein köstlicher Duft ließ ihnen das Wasser im Mund zusammenlaufen. Neugierig lüftete Tom den Deckel des gusseisernen Topfes.

»Mhm … Gulasch.«

»Is gleich fertig, Söhnchen«, sagte Oma Eri und lud Tom mit einem Kopfnicken ein, sich zu setzten.

»Nee, nee. Jetzt nicht, wir müssen los, uns diesen Hochsitz anschauen«, sagte Paula bedauernd. »Aber wenn wir zurück sind, dann können wir essen«, meinte Paula tröstend, als sie Toms enttäuschtes Gesicht sah.

»Na, dann los.« Plötzlich hatte auch Tom es schrecklich eilig. Schließlich gab es Klöße zum Gulasch, und die konnten sie nicht ewig warten lassen, sonst zerfielen sie.

Sie packten Leonie auf den Rücksitz des Dienstwagens und folgten ihren Anweisungen. Auf dem Waldweg kamen sie nur langsam voran, da immer wieder grober Schotter sie zum Langsamfahren zwang.

»Wo ist denn der schöne alte Waldweg hin?«, fragte Paula verwundert. Sie konnte sich noch gut erinnern, wie sie hier einmal mit Leonie spazieren gewesen war. Damals gab es hier noch keine Schotterpiste.

Leonie verdrehte die Augen und konzentrierte sich darauf, den Abzweig zum Waldpfad nicht zu verpassen.

»Hier«, schrie Leonie plötzlich.

Tom trat erschrocken auf die Bremse. Paula schüttelte missbilligend den Kopf. Sie sprangen aus dem Wagen und folgten Leonie leise zu Fuß tiefer in den Wald. Nach zehn Minuten schwitzte

Paula und hörte Tom hinter sich fluchen. Sie blieben immer wieder im dichten Brombeergestrüpp hängen, das links und rechts des Pfades wuchs. Auch die großen matschigen Pfützen auf dem Boden zwangen sie, ins Gestrüpp auszuweichen. Paulas Jacke wies schon einige Risse auf, und Toms sonst hochglanzpolierte Stiefel waren voller Schlamm und sahen zum ersten Mal so aus, wie Stiefel eben aussehen sollten, fand Paula: von der Wildnis gezeichnet.

Endlich zeigte Leonie auf einen Hochsitz wenige Meter vor ihnen. Sie drehte sich zu Paula und Tom herum, um ihnen noch einmal zu erzählen, wie sie Andreas gesehen hatte, als ihre Augen immer größer wurden und ihr ein erschrecktes Japsen entwich. Tom und Paula folgten Leonies Blick. Beinahe gleichzeitig rannten alle drei nun auf den Hochsitz zu, ohne auf Brombeerhecken und Schlammlöcher zu achten. Eine Rotte Wildschweine, die sie wohl gerade beim Fressen gestört hatten, verfolgte sie. Ächzend erklommen sie den Hochsitz.

»Scheiß Natur«, murrte Tom und ließ sich vorsichtig nieder auf der wackeligen Holzbank in dem Hochsitz, der nicht gerade einen gepflegten Eindruck machte.

Gerade so quetschten sie sich zu dritt in das kleine Häuschen. Leonie blickte nach unten und beobachtete die Wildschweine beim friedlichen Suhlen in einer großen Pfütze. Offensichtlich hatten sie nur einen kleinen Scheinangriff auf die Störenfriede gestartet, denn nun gruben sie sich genüsslich durch den Schlamm. Ein Blick auf Tom ließ die Frauen loskichern. Wie ein Waldschrat sah Tom aus mit seinen zerzausten Haaren, in denen eine Brombeerranke hing. Vorsichtig befreite Leonie Tom vom stacheligen Gehölz, während Paula sich in der winzigen Hütte umschaute. Einige leere Dosen Bier lagen verstreut auf dem Boden, und mehrere Fastfood-Kartons stapelten sich in einer Ecke.

»Vielleicht sollten die Kollegen sich dort mal auf die Lauer legen«, sagte Paula und nickte in Richtung Verpackungsmüll.

»Gar keine so dumme Idee«, meinte Tom. »Nach Hause wird Andreas Pfeifer zum Essen ja nicht gehen, da bleibt ihm wohl oder über nur Junkfood.«

Erstaunt zog Paula die Augenbrauen hoch. »Und das aus deinem Mund, wo du doch ständig nur ans Futtern denkst.«

»Aber doch nicht so ein Zeug. Ich bin ein Feinschmecker«, sagte er im Brustton der Überzeugung.

»Jedenfalls sieht es tatsächlich so aus, als wäre Andreas Pfeifer hier gewesen. Er wird sicher nicht wieder zurückkommen, da du ihn nun entdeckt hast.« Paula blickte zu Leonie. »Aber vielleicht hat er noch andere Verstecke im Wald. Wird schwer sein, ihn hier aufzuspüren«, murmelte sie und blickte sich skeptisch um.

»Kommt lasst uns verschwinden, ich frier mir den Arsch ab«, sagte Tom schlechtgelaunt. Außer dass er sich seine Stiefel ruiniert hatte, hatte die ganze Aktion nichts gebracht, dachte er.

Minuten später kletterten sie vorsichtig die schmale Leiter hinunter. Die Schweine waren weitergezogen, und so kamen sie ohne weitere Überraschungen sicher am Dienstwagen an. Erleichtert warf sich Tom auf den Beifahrersitz und knallte die Autotür energisch ins Schloss.

»Na, da hat unser Großstadtcowboy wohl doch ein wenig Muffensausen bekommen?«, kicherte Leonie. »War ein wenig zu wild, die echte Wildnis, was?«

»Ja, ja, ist schon gut«, nörgelte Tom und betrachtete seine Blessuren im Rückspiegel. Diese Leonie ging ihm manchmal echt auf die Nerven mit ihrer Natur.

Am Küchentisch von Oma Eri wurde Tom zum Trost göttlich verwöhnt. Erst setzte Marlis ihm einen großen Teller mit Thüringer Klößen und Gulasch vor die Nase und anschließend betupfte Oma Eri seine Wunden mit Jod. Männlich ließ er dies über sich ergehen und wurde für seine Tapferkeit reichlich gelobt. Paula und Leonie verdrehten hinter seinem Rücken die Augen. Schließlich machten sich die beiden Beamten noch einmal auf den Weg zu Rainer Schmitt. Vielleicht würde sie dies endlich in ihren Ermittlungen weiterbringen.

Der Hof von Rainer Schmitt lag am Rande von Kleinroda. Nachdem niemand, noch nicht einmal ein Hund, auf ihr Klopfen reagiert hatte, öffnete Paula vorsichtig die Hoftür und lugte in den Hof. Zwei zerzauste Katzen lagen mitten im Hof und starrten sie an. Paula nickte Tom zu, und gemeinsam betraten sie den Hof.

»Lass uns ein wenig draußen umsehen, bevor wir im Haus nach Rainer Schmitt suchen«, sagte sie und verschwand bereits in der nächsten Scheune.

Kaum hatte sie die Tür geöffnet, brach ein ohrenbetäubendes Ziegengemecker los. Erschrocken trat Paula einen Schritt zurück und prallte gegen Tom. Entsetzt schauten sie sich im Stall um.

»Das kann ja wohl nicht wahr sein«, ungläubig schüttelte Paula den Kopf. Mindestens zwanzig Ziegen waren in einem kleinen Verschlag eingepfercht und hatten offensichtlich seit Tagen kein Futter oder Wasser gesehen. Abgemagert und tief im eigenen Dreck stehend, blökten die Tiere herzzerreißend. Nachdem sie den ersten Schock überwunden hatte, ging Paula zum Verschlag und öffnete die Tür. Im Hof hatte sie einen Wasserbottich unter der Regenrinne gesehen, da konnten die Tiere wenigstens ihren Durst stillen. Allerdings stürmten die Ziegen nicht wie erwartet hinaus, sondern drängten sich ängstlich in die dunklen Ecken. Bestimmt hatten sie schon länger kein Tageslicht mehr gesehen, schlussfolgerte Paula und trat beherzt in den Verschlag. Ihre Schuhe versanken tief im Mist, aber das war ihr im Moment egal. Energisch schob sie die Tiere aus dem Stall. Nun wurde das ganze Ausmaß der Vernachlässigung sichtbar. Einige Tiere konnten nicht richtig laufen, weil ihre Hufe verwachsen waren. In Paula krampfte sich alles zusammen. Was für eine Schweinerei, dachte sie wütend.

»Du könntest mir ruhig helfen«, blaffte sie Tom an, der an der Scheunentür lehnte und ihr Treiben misstrauisch beobachtete.

»Du weißt schon, dass du nicht einfach so die Tiere befreien kannst«, sagte er leise. Und ehe Paula vor Wut explodierte, setzte er noch hinzu: »Wir können nur das Veterinäramt einschalten. Die kümmern sich dann darum.«

»Ich soll hier zusehen, wie die armen Viecher verdursten?« Paula war außer sich. »Wenn Leonie erfährt, wie der hier seine Tiere hält, rastet sie aus. Gerade suchen wir noch nach einem Tierquäler und dann finden wir das hier. Das ist eine noch viel perversere Art der Tierquälerei. Wir müssen sofort etwas tun.«

Energisch durchquerte sie den Hof und hämmerte an die Haustür. Gleich darauf stolperte ein älterer, ungepflegter Mann aus der Tür.

»Was hammse mit meinen Viechern gemacht?«, nuschelte er.

Paula schlug eine derbe Alkoholfahne entgegen. Wütend und mit blutunterlaufenen Augen starrte der Mann die beiden Beamten an, dann zog er geräuschvoll die Nase hoch und spuckte Paula vor die Füße.

»Dafür kann ich Sie festnehmen, das ist Beamtenbeleidigung«, zischte sie. »Wieso kümmern Sie sich nicht ordentlich um Ihre Tiere, sehen Sie nicht, dass die völlig verwahrlost sind?«

»Geht Sie doch 'n Scheißdreck an«, murmelte Rainer Schmitt und schwankte zurück ins Haus.

Bevor er den Kommissaren die Tür vor der Nase zuschlagen konnte, stellte Tom einen Stiefel in den Türspalt. Rainer Schmitt sah ihn wütend an, zuckte dann aber mit den Schultern, kratzte sich am Hintern und trottete in die Küche. Tom und Paula folgten.

Im Haus sah es nicht viel anders aus als im Stall. Es war dreckig und unordentlich, ölige Klamotten, Gerümpel und Bauschutt ließen nur einen schmalen Pfad frei, um durchs Haus zu gehen. Und überall lagen leere Bierflaschen auf dem Boden.

Paula und Tom erfuhren nicht viel von Rainer Schmitt. Er hatte bei der nächtlichen Wache auf den Wiesen nur mitgemacht, weil Leonie allen im *Dorfkrug* Freibier versprochen hatte. An die Nacht selbst konnte er sich nicht mehr erinnern. Wahrscheinlich war er auf der Wiese, die er hatte bewachen sollen, eingeschlafen, oder er war einfach nach Hause gegangen, dachte Paula resigniert. Als Zeuge war er jedenfalls völlig unbrauchbar, und als Täter konnte sie ihn sich auch nicht vorstellen.

»Herr Schmitt«, sagte sie zum Abschied streng, »ich schicke nachher die Leonie zu Ihnen, und wenn die sieht, wie Sie Ihre Tiere halten, dann gnade Ihnen Gott. Ich rate Ihnen also dringend, den Stall sauberzumachen und die Tiere ordentlich zu füttern.« Das hatte gesessen, bleich wankte Rainer Schmitt einen Schritt zurück.

»Die Leonie ...«, stammelte er.

»Sie haben doch bestimmt auch eine Wiese für die Tiere, vielleicht bringen Sie die Ziegen erst einmal dorthin, dann können Sie hier klar Schiff machen«, mischte sich Tom ein.

Rainer Schmitt nickte und sah ängstlich zu seinen Tieren.

Als Tom und Paula den Hof verließen, folgte ihnen noch lange das Blöken der Ziegen nach.

»Das hast du gut gemacht«, lobte Tom seine Kollegin. »Vor Leonie hat der auf alle Fälle mehr Angst als vorm Veterinäramt.«

Paula konnte sich nur schwer damit abfinden, was sie auf dem Hof von Rainer Schmitt gesehen hatte. So kannte sie sich gar nicht. Leonie war doch diejenige, die verrückt nach Tieren war. Aber der Anblick der hilflosen Kreaturen hatte ihr Herz zum Schmelzen gebracht. Morgen würde sie auf alle Fälle noch einmal selbst nach dem Rechten sehen, auch wenn sie sicher war, dass Leonie gegen diese Schweinerei vorgehen würde.

»Lass uns zur Dienststelle fahren und unsere Berichte schreiben. Für heute reicht es mir.« Kameradschaftlich umarmte Tom Paula und dirigierte sie zum Dienstwagen.

In der Dienststelle servierte Hase den beiden einen großen Cappuccino und half ihnen, die Berichte zu den Befragungen und dem Waldeinsatz zu verfassen. Nach drei Stunden und vier Zigaretten war alles gewissenhaft notiert, und Hase legte die Berichte auf die Schreibtische des Staatsanwalts und des Dienststellenleiters. Morgen früh würde eine Besprechung stattfinden, aber für heute war Schluss.

Während einer Zigarettenpause hatte Paula kurz Max angerufen und ihn auf den nächsten Abend vertröstet. Heute wollte sie sich mit Leonie über den Hof von Rainer Schmitt beraten. Sie ließ sich von Tom nach Hause fahren.

Paula traute ihren Augen nicht, als sie leise in die große Küche trat. Die Blicke und die Finger ineinander verwoben, saßen Leonie und Jan am Küchentisch und bemerkten Paula erst, als diese sich räusperte. Wie die Hühner schreckten sie auseinander und grinsten Paula dann schief an. Die zog die Augenbrauen hoch, sagte aber kein Wort, sondern öffnete die Kühlschranktür und steckte ihren Kopf hinein. Schnell schob Leonie Jan aus der Küchentür und flüsterte ihm zu, dass sie ihn bald anrufen würde.

Als Jan verschwunden war, tauchte Paula mit einer kleinen Knackwurst im Mund wieder aus dem Kühlschrank auf. Lustlos kaute sie darauf herum und überlegte, wie sie eine Beziehung zwischen Leonie und Jan eigentlich finden sollte. Jan war zweifellos ein netter Kerl, aber war er auch der Richtige für ihre Freundin?

Leonie ließ Paula nicht aus den Augen. Da sie ihre Freundin schon seit der Kindheit kannte, wusste sie ziemlich genau, worüber Paula so intensiv grübelte. Dann huschte ein winziges Lächeln über Paulas Gesicht, und Leonie atmete erleichtert aus.

Paula nahm zwei Bier aus dem Kühlschrank und begann von Rainer Schmitt und seinen Ziegen zu berichten. Sie redeten sehr lange. Als Paula versicherte, dass ihre Drohung, Leonie unverzüglich von den Zuständen auf dem Hof zu erzählen, Wirkung auf Rainer Schmitt gezeigt hätte, beruhigte sich Leonie. Sie beschlossen, morgen früh als Erstes auf Schmitts Hof vorbeizuschauen. Todmüde fielen die beiden Frauen gegen Mitternacht in ihre Betten.

# 9. Kapitel

Der Staatsanwalt, der Leiter der KPI Jena, Hase, Tom und Paula fanden sich am nächsten Morgen um zehn Uhr zur Besprechung zusammen. Tom überließ Paula die Gesprächsführung. Paula war nervös. Immerhin hatte sie im letzten halben Jahr nur über Verkehrssünder und Nachbarschaftsstreitigkeiten aus ihrem Polizeiposten berichtet. Nun ging es um Mord.

»Wir haben mit Andreas Pfeifer, dem Sohn des Opfers, einen möglichen Tatverdächtigen«, begann sie stockend. »Erstens hatte Andreas laut Frau Pfeifer kein gutes Verhältnis zum Vater, zweitens wurde die Tatwaffe auf dem Hof der Familie gefunden und drittens ist Andreas Pfeifer flüchtig. Erschwerend kommt hinzu, dass Andreas Pfeifer im Dorf als Tierquäler bekannt ist. Für den Tatzeitpunkt kann er kein Alibi vorweisen. Die Gelegenheit zum Mord bot sich ihm, als Männer aus Kleinroda, darunter eben auch sein Vater, in der Mordnacht eigenmächtig auf Streife gingen, um den Armbrustschützen zu finden. Andreas Pfeifer wurde gestern im Wald in der Nähe von Kleinroda gesichtet, konnte aber entkommen. Die Fahndung läuft auf Hochtouren.«

Paula blickte Tom an. Der zuckte leicht mit den Schultern und sagte stirnrunzelnd in die Runde: »Da war echt nichts zu machen, der Wald ist da so dicht, der kann überall hin sein. Die Kollegen haben aber Sperren an allen Straßen und Feldwegen postiert, früher oder später kriegen wir ihn, der sitzt dort in der Falle.«

Der Staatsanwalt runzelte die Stirn und kritzelte etwas in seinen Notizblock. Tom nickte Paula aufmunternd zu.

»Wir haben uns natürlich das Umfeld von Horst Pfeifer genauer angeschaut und im Dorf erste Befragungen durchgeführt«, fuhr sie fort. »Dabei kam zutage, dass unser Opfer ein ziemliches Schlitzohr war. Genauer gesagt, wissen wir von zwei Kündigungen von Pachtverhältnissen, die wohl ziemlich mies liefen. Die Bauern wissen nicht, wohin mit ihren Tieren, aber das hat unser Opfer nicht interessiert. Einmal wäre da der Schäfer Klaus Möller, auf dessen Weide das Opfer gefunden wurde. Ihm wurde zum Ende des Monats die Wiese gekündigt. Und wie ich erst vorhin erfahren habe, wurde auch Rainer Schmitt, der in besagter Nacht mit auf Wache ging, vor einem halben Jahr die Pacht aufgekündigt. Da er ausgerechnet mit Horst Pfeifer zusammen auf Wache ging, hätte er die Gelegenheit dazu gehabt, ihn zu töten. Ein Motiv hätte er jedenfalls. Vielleicht ist es für uns nicht ganz nachvollziehbar, dass man wegen ein paar Hektar Land mordet, aber seit der Kündigung lässt Schmitt seine Ziegen in einem Verschlag auf dem Hof verkommen und trinkt wohl mehr, als ihm guttut.«

»Aber die Tatwaffe wurde bei Pfeifers gefunden«, sagte der Leiter der KPI stirnrunzelnd.

»Das schon, aber es wurden keine Fingerabdrücke auf der Armbrust oder den Pfeilen nachgewiesen. Der Hof ist nicht abgeschlossen, da könnte jeder hereinspazieren und etwas in der Scheune verstecken«, sagte Tom nachdenklich.

»Gibt es weitere Verdächtige?«, fragte der Staatsanwalt und schaute demonstrativ auf seine Armbanduhr.

»So unbeliebt, wie unser Opfer war, finden wir da sicher noch den einen oder anderen«, antwortete Paula spitz. »Schließlich stehen wir ja noch ganz am Anfang unserer Ermittlungen. Ich finde, dafür haben wir schon recht passable Erfolge zu verzeichnen.«

»Selbstverständlich, Frau Mälzer, Sie und Ihre Kollegen haben bis jetzt wirklich gute Arbeit geleistet«, beschwichtigte sie der Leiter der KPI. »Wenn Sie Unterstützung brauchen, dann werde ich noch zwei Kollegen vom Betrugsdezernat abziehen, aber ich denke, im Moment machen Sie drei erst einmal so weiter wie bisher.« Mit diesen Worten stand er auf und nickte dem Staatsanwalt zu, ihm zu folgen.

»Und die Berichte bitte zeitnah auf meinen Schreibtisch«, setzte der Staatsanwalt hinzu, bevor auch er aus dem Zimmer rauschte.

»Zeitnah …«, brauste Hase auf. »Bis jetzt hat der noch immer die Berichte pünktlich auf dem Tisch gehabt. Wir schlagen uns ja nicht zum Spaß die halbe Nacht um die Ohren.«

»Ach komm, reg dich nicht auf. Du weißt doch, wie er ist. Der muss halt immer den Chef raushängen lassen. Hat mich gewundert, dass er heute keinen Kommentar zu meinen Stiefeln abgegeben hat.« Liebevoll blickte Tom auf seine wieder sauberen und mit Öl eingeriebenen Stiefel. Gott sei Dank hatten sie bei ihrem Ausflug in den Wald keinen Schaden genommen.

»Dann lasst uns mal loslegen«, sagte Paula, »aber vorher brauche ich dringend noch einen Kaffee. Ich war heute ganz früh mit der Leonie noch einmal bei Rainer Schmitt. Stellt euch vor, der hat tatsächlich den Stall ausgemistet, allerdings lag der ganze Mist dann einfach so im Hof rum. Aber zumindest die Tiere standen in sauberem Stroh. Leonie hat auch die Tierärztin angerufen und sie darum gebeten, sich die Ziegen einmal anzuschauen. Das hat dem Schmitt natürlich nicht gepasst. Heute Nachmittag müssen wir dort vorbeischauen, nicht dass der Schmitt die Frauen noch angeht.«

Bewundernd blickte Hase seine Kollegin an und lief zum Kaffeeautomaten, um seiner neuen Heldin einen Kaffee zu holen.

»Den wickelst du echt um den kleinen Finger«, sagte Tom grinsend und folgte Hase.

»Tja, man tut, was man kann«, murmelte Paula und nahm sich die Liste der noch zu vernehmenden Personen vor.

Eine halbe Stunde später standen Paula und Tom vor dem Tor der hiesigen Agrargenossenschaft. Ein verwittertes Schild wies ihnen den Weg zum Büro.

»Hier ist ja gar nichts los«, meinte Paula kopfschüttelnd und blickte sich nach allen Seiten um. Keine Menschenseele war auf dem großen Gelände zu sehen.

»Na, die werden auf den Feldern sein«, sagte Tom und öffnete die Tür zum Büro. Zwei Frauen undefinierbaren Alters starrten sie feindselig an.

»Schönen guten Tag, die Damen«, flötete Tom, und mit jedem Wort schmolzen die Damen dahin.

Nach ein paar Minuten Geplauders und jeder Menge Komplimente wurden die Damen weich. Regina Hammer sah Tom schwärmerisch an, und ihre Kollegin Angelika Strube tat es ihr nach.

»Sie können ruhig Änji zu mir sagen, wir sind ja fast gleich alt.«

Paula schaute ungläubig. Skeptisch musterte sie Änji. Die Dreißig hatte Angelika Strube bestimmt seit fünfzehn Jahren hinter sich gelassen, aber Tom nickte ihr galant zu. Schwungvoll schüttelte Änji ihre Dauerwellenlöckchen und starrte Paula triumphierend an. Tom schickte Paula nun mit einem energischen Kopfnicken aus dem Raum. Paula kannte dieses Prozedere schon und störte sich nicht daran. Tom konnte einfach besser mit Frauen jeden Alters umgehen, das hatte sie während ihrer langjährigen Zusammenarbeit gelernt. Die Damen würden Tom ihre intimsten Geheimnisse ausplaudern, nur Paula hatte die Harmonie gestört.

Zurück auf dem Gelände schlenderte sie über den Hof der Agrargenossenschaft und schaute sich in den großen leeren Hallen um. Ein metallisches Hämmern ließ sie aufhorchen. Im hintersten Teil der Halle stand ein Mähdrescher, und von dort kamen auch die Geräusche. Paula ging darauf zu und bestaunte gerade die riesigen Dimensionen des Erntegerätes, als sie rüde am Arm gepackt wurde. Instinktiv riss sie ihren Arm nach oben, und ein deftiger Fluch folgte.

»Mensch Mädel, was treibst du denn hier?«, fragte ein ölverschmierter, stämmiger Kerl. Er rieb sich seinen Arm, den Paula gegen den Mähdrescher geschleudert hatte, und blickte aus kleinen, erstaunlich blauen Augen missmutig zu Paula auf, die ihn um Haupteslänge überragte.

Sie stellte sich vor und teilte ihm mit, dass sie im Mordfall Horst Pfeifer ermittelte. Das Opfer hätte hier als Leiter der Agrargenossenschaft gearbeitet, und nun würden alle Mitarbeiter befragt. Nervös wischte sich der Mann mit seiner Mütze über die feuchte Stirn und verschmierte dabei einen Ölfleck. Paula musste ein Grinsen unterdrücken.

»Und Sie sind …?«, fragte sie schnell.

»Seiffert, Bernd«, brummte er.

»Ach, das trifft sich ja hervorragend. Ich war gestern schon bei Ihnen zu Hause, habe aber nur Ihre Mutter kennengelernt. Können wir uns irgendwo setzen und unterhalten?«

»Ich muss hier fertig werden«, antwortete Seiffert unfreundlich und verschwand wieder unter dem stählernen Ungetüm.

»Ich kann Sie auch nach Jena in die Dienststelle vorladen, wenn Ihnen das besser passt«, rief Paula ihm hinterher und kroch halb unter den Mähdrescher.

»Mhm …«, brummte er böse. Dann kam Seiffert unter der Maschine hervor und winkte ihr, ihm zu folgen.

Sie betraten einen kleinen schmuddeligen Raum, der offenbar als Pausenraum diente. Bernd Seiffert nahm sich einen Kaffee aus einer ölverschmierten Kaffeekanne, ohne Paula auch einen anzubieten. Als sie sah, in was für eine verdreckte Tasse er das Gebräu schüttete, tat es ihr nicht leid darum.

»Herr Seiffert, Sie sind ja nun der unmittelbare Nachbar der Familie Pfeifer«, begann sie. »Sie verstehen sicher, dass wir da ein paar Fragen haben.«

»Ich war zu Hause und hab geschlafen, das hat Ihnen doch meine Mutter schon gesagt«, unterbrach Bernd Seiffert heftig.

»Warum haben Sie eigentlich nicht mit Wache gehalten in besagter Nacht?«

Bernd Seiffert verdrehte die Augen und schüttelte genervt den Kopf. »Nachher hätt es mich auch noch erwischt«, nuschelte er.

»Wie kommen Sie darauf, dass jemand Sie ermorden wollte?« Paula lehnte sich im Stuhl zurück und musterte Bernd Seiffert genauer. Nervös rutschte der auf seinem Stuhl hin und her.

»Was weiß denn ich, was da für verrückte Typen rumstreunen und Tiere abknallen. Nun hat es halt den Horst erwischt«, sagte er trotzig.

»Sie gehen also davon aus, dass der Tierquäler Horst Pfeifer *erwischt* hat?«, fragte Paula.

»Na, wer denn sonst?« Bernd Seiffert schob geräuschvoll seinen Stuhl zurück und stand auf. »Sind wir jetzt fertig? Ich hab noch jede Menge zu tun.«

»Wenn Sie mir noch sagen, was für Geschäftsbeziehungen Sie zu dem Opfer hatten, dann wär's das erst einmal.«

»Ich hab keine Geschäfte mit diesem Halsabschneider gemacht …« Er klappte geräuschvoll die Zähne aufeinander, als er Paulas Stirnrunzeln sah.

»Ein besonders freundliches Verhältnis hatten Sie offenbar nicht«, schlussfolgerte sie.

»Vor ein paar Wochen war er da und hat mir ein Angebot gemacht. Mein Land wollte der haben, aber ich hab ihm nichts verkauft.«

»Wir haben aber einen Vertrag in den Unterlagen des Opfers gefunden. Dort steht, dass Sie ihm eine beträchtliche Menge Land verkauft haben. Haben Sie das vergessen, oder wie?«

Bernd Seiffert drehte sich abrupt um und kickte seinen Stuhl quer durch den Pausenraum. Aber so schnell seine Wut gekommen war, so schnell hatte er sich auch wieder im Griff. Er ging zum Stuhl, hob ihn auf und stellte ihn ordentlich zurück an den Tisch. Paula betrachtete Bernd Seiffert skeptisch. Was sollte dieser Wutausbruch? Sollte sie noch ein wenig nachbohren? Bevor sie sich für eine Taktik entschieden hatte, sprach Seiffert weiter:

»Das mit dem Land war ein Missverständnis, ich hatte nicht mehr vor, es zu verkaufen, und da es noch nicht notariell beglaubigt ist, kann ich vom Vertrag zurücktreten. Sonst hatte ich nichts zu schaffen mit ihm. Konnte die ganze Familie noch nie leiden. Halten sich für was Besseres, und außerdem weiß doch jeder, dass der Andreas der Tierquäler ist. Bestimmt hat der Horst ihn auf frischer Tat ertappt, und dann hat der eben seinen Alten erschossen.« Mit diesen Worten schlurfte er aus der Tür und verschwand im Inneren des Mähdreschers.

Paula hatte keine Lust, ihm noch einmal hinterherzukriechen. Eventuell hatte Tom etwas bei den Damen ausrichten können. Vielleicht könnten sie sich die Befragung der restlichen Mitarbeiter ersparen, grübelte sie. Wenn sie sich vorstellte, dass die Männer hier alle so mürrisch wie Bernd Seiffert waren, dann hielt sich ihre Lust auf weitere Gespräche in Grenzen.

Tatsächlich hatten die Damen aus Pfeifers Büro einiges an Informationen mitzuteilen. Der Einfachheit halber hatte Tom darum gebeten, die Gespräche aufzeichnen zu dürfen. Nun besaß er eine halbstündige Tonbandaufnahme randvoll mit Auskünften über die Mitarbeiter der Agrargenossenschaft. Sie brauchten das Band nur noch Hase zur Auswertung zu übergeben.

Schnell schnappte Paula sich ein Stück Kuchen, dass die Damen fürsorglich vor Tom gestellt hatten, und stopfte es sich in den Mund. Da sie mit bösen Blicken traktiert wurde, verzog sie sich schleunigst nach draußen und gab Tom das Zeichen zum Aufbruch. Ausgerechnet jetzt klingelte ihr Handy. Das Display zeigte die Nummer von Hannes König. Mit vollem Mund wollte Paula den Förster wegen der Holzdiebstähle vertrösten, doch dann verschluckte sie sich fast:

»Was haben Sie gefunden …?« Sie starrte Tom durch die offene Bürotür an und rannte zum Dienstwagen. Tom folgte ihr, warf sich auf den Fahrersitz und wartete auf Paulas Anweisungen.

»In den Wald, zum Hochsitz«, zischte sie kurz und lauschte wieder ins Handy.

Tom verdrehte die Augen, atmete hörbar aus und ließ den Motor aufheulen. Schon wieder in diesen verdammten Wald, dachte er. Ob er wohl seine zerrissenen Klamotten der Dienststelle in Rechnung stellen konnte?

»Sind Sie sicher, dass er tot ist?«, schrie Paula gerade ins Handy.

Tom blickte Paula fragend an.

»Nichts anfassen, hören Sie? Wir sind gleich da.« Zu Tom gewandt flüsterte sie: »Andreas Pfeifer hängt am Hochsitz.«

# 10. Kapitel

Hannes König erwartete sie ungeduldig. Die beiden Kommissare hatten sich ein paarmal verfahren und stiegen nun schnell aus dem Dienstwagen, um dem Förster hinterher zu eilen.

»Wo sind Sie denn hingefahren? Ich habe Ihrer Kollegin doch genau beschrieben, wo der Hochstand ist«, klagte König.

»Sorry, ich dachte, Sie meinten den Hochstand, an dem wir Andreas schon einmal gesucht haben«, erwiderte Tom keuchend.

Vom Dienstwagen aus hatten sie den Notarzt und die Spurensicherung angerufen, aber erst einmal mussten sie sich selbst ein Bild vom Geschehen machen.

Die letzten Meter gingen sie langsam, die Augen auf den Waldboden gerichtet, um keine Spuren zu vernichten. Dann sahen sie ihn. Paula empfand beim Anblick von Andreas tiefes Mitgefühl. So jung hätte er nicht sterben müssen, dachte sie bekümmert. Zwar hatte sie ihn nicht gerade sympathisch gefunden bei ihrer ersten und letzten Begegnung. Aber wie er da so aufgeknüpft an einer groben Schnur hing, das Gesicht verzerrt und verquollen, tat er ihr unendlich leid. Wieso hatte es so weit kommen müssen? Hätte sie sein Ende verhindern können, wenn sie aufmerksamer gewesen wäre?

Tom legte seinen Arm um Paula, und sie fasste sich wieder. Sie schluckte, räusperte sich und nickte Tom zu.

»Alles okay«, krächzte sie und wandte sich an Hannes König. »Haben Sie jemanden gesehen, als Sie hier im Wald herumgestreift sind?«

»Ich habe nach dem frisch geschlagenen Holz geschaut und bin nicht einfach so rumgestreift«, bemerkte der Förster sauer. »Wie Sie vielleicht noch wissen, haben wir es hier mit Holzdieben zu tun, und die wollte ich aufspüren, indem ich kleine Sender im Holz verstecke. Und nein, ich habe niemanden bemerkt.«

»Es tut mir leid, dass ich mich im Moment nicht um Ihr Holzproblem kümmern kann, aber das hier geht nun einmal vor«, antwortete Paula mit Blick auf Andreas Pfeifer.

»Selbstmord?«, fragte Hannes König.

»Das wird sich noch herausstellen. Haben Sie denn einen Abschiedsbrief oder Ähnliches gefunden?«, fragte Paula zurück.

»Nein, da war nichts.«

Betreten schauten alle drei in den Wald und vermieden den Blick auf Andreas Pfeifer.

»Sollten wir ihn nicht runterholen?«, fragte der Förster.

Paula und Tom schüttelten synchron den Kopf.

»Das macht die Spurensicherung …«, meinte Tom und schaute auf sein Handy. »Die müssten jeden Augenblick hier sein, und wenn die sehen, dass wir etwas an ihrem Tatort verändert haben, gibt es Ärger.«

Schweigend warteten die drei, bis der Rettungswagen und die Tatortgruppe eintrafen.

»Juhu …«, tönte es durch den stillen Wald.

Paula blickte auf. Sofort verbesserte sich ihre Laune wieder. Katja Blume kam in einen pinkfarbenen Parka gehüllt den Waldpfad entlang. Sie winkte aufgeregt und hüpfte wie ein Schulmädchen über die Pfützen. Paula liebte diese Ungezwungenheit an der Rechtsmedizinerin, alles, was vorher düster schien, wurde beim Anblick von Katja Blume ein wenig heller.

»Nun schaut nicht so griesgrämig, ich bin ja jetzt da«, sagte sie lächelnd und stellte ihren Koffer vorsichtig ab. »Wo ist denn unser Toter?«

Paula und Tom traten einen Schritt beiseite und gaben den Blick auf den Hochstand frei. Katja Blume zischte verärgert.

»Wir haben nichts angefasst oder verändert«, rechtfertigte Tom sich.

Aber Katja Blume nahm keine Notiz mehr von ihm. Traurig betrachtete sie den jungen Körper, der würdelos am Hochsitz baumelte.

»Schon gut, Großer. Weiß ich doch, dass ihr nicht auf dem Tatort rumtrampelt.« Gedankenverloren tätschelte sie Toms Arm und blickte dann bewundernd auf Toms stattliche Gestalt. »Was für kräftige Arme. Machst du Kraftsport?«

Tom starrte sie überrascht an.

»Lass mal den Tom in Ruhe und kümmere dich um den Leichnam«, flüsterte Paula und zog grinsend die Rechtsmedizinerin von ihrem Kollegen weg.

»Ist aber auch ein Schnuckelchen«, flüsterte diese zurück und zwinkerte Paula zu. Mit Schwung zog sie dann den obligatorischen weißen Papieroverall aus ihrem Koffer und stieg mit einem lauten Seufzer hinein. »In dem Ding sehe ich so unförmig aus. Da kann ich bei deinem Kollegen nicht punkten«, sagte sie schmollend und blickte ein letztes Mal sehnsüchtig auf Tom, bevor sie sich an die Arbeit machte.

Zitternd saß Paula zwei Stunden später im Dienstwagen und drehte die Heizung voll auf. Nur eisige Luft pustete ihr entgegen.

»Ich muss unbedingt aus den nassen Sachen raus, sonst lieg ich morgen flach«, meinte sie bibbernd und nieste zur Bestätigung heftig.

Ein Regenschauer war in der letzten Stunde über den Wald hinweggefegt, und die Bäume hatten sie nur unzureichend geschützt. Außerdem hatte Paula ständig Angst vor herunterfallenden Ästen gehabt. Alles um sie herum hatte geknarzt und gequietscht. So gruselig hatte sie den Wald noch nie erlebt, und auch Tom hatte skeptisch nach den sich heftig im Wind wiegenden Bäumen geschaut. Nachdem alles gesichert und organisiert worden war, hatten sie sich schleunigst ins Innere des Dienstwagens verzogen.

»Komm, ich fahr dich schnell nach Hause zum Umziehen, der Förster kommt erst später noch mal her, da kannst du dich noch ein wenig aufwärmen.« Besorgt blickte Tom auf Paula, die in ihrem Sitz kauerte und verstört vor sich hin blickte. Langsam machte er sich Sorgen um seine sonst so taffe Kollegin. Ihr Gesicht war bleich, und sie zitterte am ganzen Körper. Vielleicht sollte er allein zu Andreas Pfeifers Mutter fahren, um ihr die Nachricht vom Tod ihres Sohnes zu überbringen. Paula sah gerade nicht so aus, als würde sie das schaffen. Tom beschloss, Jan Weinreich mitzunehmen und Paula zu Hause abzuliefern.

Eine heiße Hühnersuppe von Oma Eri weckte Paulas Lebensgeister, und zwei Stunden später stand sie trocken und warm eingepackt wieder am Hochsitz. Andreas' Leiche war abtransportiert worden, und alle waren froh, nicht mehr diesem schrecklichen Anblick ausgesetzt zu sein. Paula würde wohl nie wieder an einem Hochstand vorbeigehen können, ohne an die Leiche des Jungen denken zu müssen.

»Hat die Tatortgruppe schon etwas gefunden, was uns weiterhilft?«, fragte sie leise.

»Wird sind jetzt mit dem Gröbsten fertig«, sagte Katja Blume munter.

Ihr schien das schlechte Wetter nichts auszumachen. Die Rechtsmedizinerin war fast so groß wie Paula, allerdings kräftiger und offensichtlich bestens durchtrainiert. Paula hatte schon vorhin beobachtet, wie flink Katja Blume den Hochstand hinauf- und hinuntergeklettert war. Mit Blick auf die Kollegen der Tatortgruppe, die inzwischen ihre Sachen zusammenpackten, unterrichtete sie Paula vom Stand der Dinge.

»Haben jede Menge DNA-Material gefunden, hautsächlich Haare, aber ein wenig Blut ist auch dabei«, meinte sie geradezu euphorisch. »Mit Fingerabdrücken sieht es auf Holz eher bescheiden aus, aber auch da haben sie ein paar Teilabdrücke sichern können. Jetzt müsst ihr uns nur noch einen Verdächtigen liefern, dann können wir einen Abgleich machen.«

Paula nickte müde und murmelte: »Wir tun unser Bestes. Vergleicht doch diese Spuren hier auch mit denen vom Armbrustmord.«

»Aber klar!« Mit Schwung drehte Katja Blume sich um, streifte dabei Toms Arm und zwinkerte ihm zum Abschied zu.

Tom lief rot an und bückte sich schnell, um an seinen Stiefeln zu nesteln. Paula verdrehte die Augen. Dabei fiel ihr Blick auf einen älteren Mann, der sich auf dem Pfad zu ihnen durchkämpfte. Schon aus einigen Metern Entfernung sah Paula, dass er wütend mit den Händen gestikulierte und drohend ein Gewehr in die Höhe hielt. Hätte er nicht so ausgesehen wie der Jäger aus Paulas Kinderbüchern, dann hätte sie sich wohl Sorgen wegen der Waffe gemacht. Doch sie wusste, wer da so wütend durch den Wald brach.

Heinz Dobermann, berühmt-berüchtigter Jäger in Kleinroda. Auch Paula hatte schon Bekanntschaft mit diesem grimmigen Mann gemacht. Fast jeder im Dorf hatte die Schimpftiraden des alten Waldschrates schon über sich ergehen lassen müssen. Ob es Leonie war, die durch seinen Wald ritt und die Rehe aufschreckte, oder Hundehalter, die angeblich sein Wild jagten, keiner war sicher vor ihm. Auch diese Verrückten, die ständig durch seinen Wald joggten, und die Nachmittagsausflügler wurden gnadenlos von ihm verfolgt. Kaum einer betrat den Wald noch, ohne sich nach allen Seiten abzusichern, ob der Jäger nicht in der Nähe war.

»Was treibt ihr denn hier für einen Schwachsinn! Ihr verscheucht mir ja das ganze Wild mit eurem Dreck. Schert euch zum Teufel! Das ist mein Waldstück, das habe ich gepachtet, und da könnt ihr nicht einfach durchlatschen und alles zertrampeln.« Der Jäger schäumte vor Wut.

Mit irrem Blick stürmte Heinz Dobermann an Paula vorbei, fegte sie zur Seite, schwenkte drohend sein Gewehr und hielt auf die Tatortgruppe zu. Geistesgegenwärtig lief Tom ihm nach, packte ihn am freien Arm und drehte ihm diesen auf den Rücken. Paula sprang dazu und entwand dem Jäger die Waffe aus der anderen Hand. Verblüfft ächzte Heinz Dobermann auf. Ehe er noch etwas sagen konnte, zischte Tom ihm einige Drohungen zu, die den alten Mann zur Besinnung brachten. Schlagartig sackte er in Toms Armen zusammen und sah nun wie ein kleiner alter Waldschrat aus. Alles Bedrohliche war verschwunden. Paula atmete hörbar aus und zog den Jäger in Richtung Dienstwagen. Als die Kommissare ihn fragten, ob er wüsste, wer diesen Hochsitz regelmäßig nutzte und ob ihm in letzter Zeit etwas aufgefallen sei, schüttelte er den Kopf.

»Außer mir hat hier eigentlich keiner was zu suchen. Das ist mein Abschussgebiet, da kann nicht einfach ein anderer kommen und um sich ballern. Das ist genau geregelt, wer wo schießen darf.«

»Und Ihnen ist also niemand aufgefallen, der hier herumgeschlichen ist?«, fragte Paula noch einmal nach.

»Also, ich hab da ja den Schmitt Rainer in Verdacht, dass der hier wildert. Seit der nur noch daheim rumhängt, hat der nur noch Unsinn im Schädel.«

Sofort hatte Paula das Bild der verwahrlosten Ziegen vor Augen.

»Haben Sie ihn beim Wildern erwischt, oder wie kommen Sie darauf?«

»Na, was soll so ein Tunichtgut denn sonst im Wald? Hab ihn hier ein paarmal rumstreunen sehen, und der Seiffert Bernd hat hier auch nichts zu suchen, dem sein Jagdrevier ist da hinten. Aber ich glaube, der schießt auch in meinem Revier.« Seine Stimme war erneut lauter geworden, und langsam schien Heinz Dobermann wieder zu sich zu kommen. »Außerdem hat sich der Pfeifer-Bursche hier herumgetrieben und auf mein Wild geschossen, dieser Nichtsnutz.«

Paula blickte Tom an und zog die Augenbrauen hoch. Tom verstand. Er bedankte sich bei dem Jäger für die Auskünfte und bedauerte das Durcheinander in dessen Waldstück. Dann schob er ihn energisch den Waldpfad zurück zu seinem Wagen.

Tom wartete, bis der Jäger in seinem Jeep saß und schimpfend davonfuhr.

»Meinst du, da ist was dran?«, fragte Paula und nickte in Richtung des davonbrausenden Jeeps.

»Wenn wir dem noch länger zugehört hätten, dann wäre das halbe Dorf durch seinen Wald getrampelt und hätte sein Wild verschreckt«, äffte Tom den Alten nach.

Paula runzelte die Stirn und starrte auf den Hochsitz. »Glaubst du, dass der Andreas sich selbst umgebracht hat?«

»Ist im Moment die plausibelste Erklärung, schließlich haben wir die Armbrust auf dem Hof seiner Eltern gefunden. Außerdem ist so gut wie sicher, dass Horst Pfeifer nur bei der Überwachung der Wiesen mitgemacht hat, um seinen Sohn von weiteren Dummheiten abzuhalten.«

»Mhm … ich kann mir den Jungen nur einfach nicht als kaltblütigen Mörder vorstellen. Und den Eindruck eines Selbstmörders hat er auch nicht auf mich gemacht.«

»Lass uns einfach mal abwarten, was die Gerichtsmedizin rausbekommt und die Auswertung der Spuren ergibt. Hörst du mir überhaupt zu?«, fragte Tom und drehte sich in die Richtung, in die Paula mit glänzenden Augen blickte. »Ach nee, der Förster ist auch schon wieder da«, meinte er abfällig.

Ein Zittern ging durch Paulas Körper, aber nicht weil Hannes König auf der Bildfläche erschien, sondern weil sie schon wieder völlig durchgefroren war. Auch der Glanz in ihren Augen galt nicht dem Förster, sondern Andreas Pfeifer. Schnell drehte sie sich weg, wischte sich die Augen trocken und beschloss kurzerhand, Hannes König auf Leonies Hof einzuladen. Es wurde schon dunkel, und in Oma Eris Küche konnten sie sich aufwärmen und etwas essen. Der Förster war einverstanden.

Zehn Minuten später saßen alle drei an Oma Eris Küchentisch. Leonie hatte sich dazugesellt und lauschte mit Entsetzen Paulas Ausführungen. Auf die Frage nach ungewöhnlichen Vorkommnissen in letzter Zeit zuckte Hannes König nur mit den Schultern.

»Außer den Holzdiebstählen ist mir dort nichts aufgefallen«, meinte er grübelnd.

»Ach, dort wurde auch Holz geklaut?«, fragte Paula in Gedanken und schob sich ein riesiges Stück Salami in den Mund.

Neidisch stierte Leonie Paula auf die Finger, die schon wieder nach einem Stück Wurst griffen. Missmutig nahm sie sich ein Stück Gurke und tunkte es in ein Schälchen Magerquark. Mit vollem Mund murmelte sie:

»Mir hat vor ein paar Tagen ein riesiger Lkw den Weg versperrt, und dann wollte der Fahrer auch noch auf mich losgehen.« Ein weiteres Stück Gurke landete in ihrem Mund.

»Wann genau war denn das?«, fragte Hannes König und lehnte sich interessiert nach vorn. Leonie schnurpste auf der Gurke herum und grübelte.

»Na, das war einen Tag, bevor auf meine Pferde geschossen wurde.«

Hannes König dachte kurz nach und meinte dann kopfschüttelnd: »Das kann gar nicht sein, da war kein Holztransport angemeldet.«

Leonie zuckte mit den Schultern. »War aber so, kann ich dir sogar beweisen. Deswegen ist der Kerl ja so wütend auf mich los, weil ich den fotografiert habe.« Sie kramte ihr Handy aus der Tasche und suchte das entsprechende Bild.

»Nee, das ist keiner von unseren Leuten und der Lkw auch nicht«, sagte Hannes König, nachdem er das Bild betrachtet hatte.

»Leonie, zeig mir bitte sofort das Foto«, forderte Paula aufgeregt und streckte die Hand nach dem Handy aus. »Na, da hast du bestimmt unseren Holzdieb abgelichtet. Das ist doch schon mal was.«

»Und wenn der nicht nur ein Holzdieb ist, sondern auch was mit dem Mord an Andreas zu tun hat?«, grübelte Tom und machte einen langen Hals, um etwas auf dem Display zu erkennen. »Vielleicht hat der Andreas den ja auch beim Holzklau erwischt und musste deshalb …«. Ein erschrecktes Keuchen ließ ihn innehalten.

Leonie starrte kreidebleich Tom an.

»Sag mal, geht's noch?«, zischte Paula ihn wütend an und legte Leonie beruhigend die Hand auf den Arm. »So ein Quatsch. Mach dich jetzt nur nicht verrückt. Der Tod von Andreas steht in unmittelbarem Zusammenhang mit dem Mord an seinem Vater, und nicht mit dem Holzdieb. Ich behalte dein Handy mal und lade das Foto runter, dann können die Kollegen nach dem Dieb Ausschau halten.« Aufmunternd nickte sie ihrer Freundin zu, als diese sich verabschiedete und den Raum verließ.

Schnaubend lehnte sich Paula in ihrem Stuhl zurück. »Das nächste Mal schaltest du bitte erst dein Hirn an, bevor du sprichst. Leonie hat sich total erschrocken.«

»Sorry«, murmelte Tom und betrachtete seine Socken. Die schlammigen Stiefel hatte er vor der Haustür ausziehen müssen.

»Aber so abwegig finde ich die Theorie gar nicht«, meinte Hannes König stirnrunzelnd. »Schließlich war das geklaute Holz ja von Horst Pfeifer.«

Paula stöhnte und stopfte sich einen Kanten Brot in den Mund. »Echt jetzt?«, Brotkrumen flogen quer über den Tisch.

Fragend schaute Hannes König zu Tom Gerlach.

»Sie ist nur müde«, meinte der grinsend. »Wir kümmern uns morgen um diesen Lkw-Fahrer.« Dann verabschiedete er den Förster und holte zwei Flaschen Bier aus der Speisekammer.

Auch Leonie verbrachte den Abend in männlicher Gesellschaft. Bevor sie in ihr Zimmer ging, schaute sie noch einmal nach ihren Pferden, die jetzt nachts in den Boxen blieben. Versonnen striegelte sie ihrer Stute das weiche Fell, als zaghaft die Stalltür aufging. Vorsichtig lugte Jan Weinreich in den Stall. Leonie grinste breit und forderte ihn auf, ihr beim Striegeln zu helfen. Zögerlich kam Jan näher heran an die Stute, die sich ruhig nach dem nächtlichen Besucher umschaute. Er streckte die Hand aus, um das seidige Fell zu streicheln, als ein lautes und feuchtes Schnauben ihn einen Satz nach hinten machen ließ. Leonie lachte herzhaft.

»Sie mag dich, so begrüßen sie sich«, sagte sie.

»Aha«, murmelte Jan und wischte sich den Schnodder aus dem Gesicht.

Leonie drückte ihm eine Bürste in die Hand, stellte sich hinter ihn und führte seine Hand zum Pferd. Gemeinsam bürsteten sie nun das Fell. Jan wurde es heiß, als Leonie ihren Körper an seinen Rücken und Hintern schmiegte. Gerade wollte er sich umdrehen, da huschte sie um die Stute herum, auf die andere Seite. Mit hochrotem Kopf schaute Jan über den Rücken des Pferdes zu Leonie, die scheinbar versonnen ihre Stute betrachtete.

Leonie musste an sich halten, um den völlig verwirrten Jan nicht an sich zu ziehen und zu küssen. Eigentlich war er überhaupt nicht ihr Typ, so groß und dünn. Er wirkte schlaksig, und seine wilden, rotbraunen Locken fand sie auch albern. Als Erstes würde sie ihm einen ordentlichen Kurzhaarschnitt verpassen, dachte sie und schüttelte gleichzeitig den Kopf über sich. Außerdem war er erst achtundzwanzig, also viel zu jung für sie. Dann blickte sie in seine treuherzigen blauen Augen und schmolz dahin.

Jan hielt ihren Blick fest und kam um das Pferd herum. Er nahm ihr den Striegel ab und streichelte zart ihr Gesicht. Leonie wollte zurückweichen, aber Jan hielt sie mit der anderen Hand am Rücken fest und zog sie an sich. Leonie keuchte, öffnete den Mund, um zu protestieren, aber da waren seine Lippen schon auf ihren. Erstaunt ließ sie es geschehen. Plötzlich brodelte es in ihr. Völlig überwältigt gab sie sich ihren Gefühlen hin. Ähnliches hatte sie vor vielen Jahren mit Felix erlebt. Alte Erinnerungen kamen hoch. Jetzt und hier vergaß sie alles um sich herum und genoss es, begehrt zu werden und selbst zu begehren.

Plötzlich wurde die Stalltür aufgerissen.

»Alles in Ordnung hier drin?«, rief Tom und trat in den Stall.

Wie zwei aufgescheuchte Hühner stoben Jan und Leonie auseinander.

»Upps, da störe ich wohl?« Ein Grinsen breitete sich über Toms Gesicht aus. »Ich hab Licht gesehen, da wollte ich lieber einmal nachschauen, bevor ich gehe, aber ich sehe schon, es ist alles in bester Ordnung.« Tom schob sich rückwärts aus dem Stall und schloss schnell die Tür.

Jan schaute fragend zu Leonie. Die strahlte ihn an. Erleichtert zog er sie wieder in seine Arme.

# 11. Kapitel

Früh am nächsten Morgen stand Paula wieder vor dem Gebäude des Rechtsmedizinischen Institutes. Heute hatte sie keinen Blick für die Altersspuren des Gebäudes, ihre Gedanken drehten sich um Andreas Pfeifer. Die Obduktion von Kindern oder jungen Menschen belastete sie immer sehr, und so stürmte sie nicht wie sonst üblich, sondern schlich die Stufen zur Eingangstür hinauf. Zwar war sie Andreas Pfeifer nur einmal kurz begegnet, und da hatte der junge Mann sich nicht gerade von seiner liebenswürdigsten Seite gezeigt, aber vielleicht hätte er noch eine Wendung zum Besseren genommen, grübelte sie auf dem Weg zum Seziersaal.

Andreas Pfeifer lag nackt auf dem Edelstahltisch. Paula schluckte hart bei seinem Anblick. Nun galt es herauszufinden, ob Andreas sich selbst gerichtet hatte, weil er seinen Vater umgebracht hatte, oder ob ein anderer ihn auf dem Gewissen hatte. Mord oder Selbstmord, das war nun die Frage.

Die äußere Leichenschau war unangenehm. Durch die Strangulation hatten sich dunkle blauviolette Leichenflecken auf den Beinen gebildet. Auch im Kopfbereich war es zu einem Blutstau gekommen, was eher untypisch bei Erhängen war. Die postmortal vertrockneten Strangfurchen am Hals untersuchten die Rechtsmediziner besonders sorgfältig. Sie glichen das Strangmuster mit dem Seil ab, an dem Andreas Pfeifer gehangen hatte, und Unruhe kam auf. Es gab Spuren, die darauf hindeuteten, dass Andreas vor dem Erhängen heftig gewürgt worden war. Dazu passten die untypischen Einblutungen im Kopfbereich sowie die Kratzer am Hals. Wahrscheinlich hatte er sich heftig gewehrt. Die Chancen standen gut, dass sie DNA-Spuren seines Mörders an der Kleidung oder unter den Fingernägeln fanden.

Als die äußere Leichenschau beendet war, trat Paula ein Stück in den Hintergrund und beschränkte sich aufs Zuhören. Sie bekam noch mit, dass Zungenbein und Kehlkopf Verletzungen aufwiesen, was nicht weiter verwunderlich war, dann grübelte sie über Andreas Pfeifers Mörder nach. Offensichtlich hatte Andreas den Mörder seines Vaters gekannt, warum sonst hing er drei Tage später an diesem Hochsitz?

Zwei Stunden später trat sie mit Katja Blume aus dem Gebäude der Rechtmedizin und atmete tief die frische Luft ein. Ihr Blick schweifte auf die andere Straßenseite zum Botanischen Garten und sie beschloss, sich eine kleine Pause zu gönnen. Auch Katja Blume war über diese kleine Unterbrechung dankbar. Gemeinsam streiften sie eine Weile durch die Außenanlagen, verzogen sich dann aber schnell in die warmen Gewächshäuser. Ihr Lieblingsplatz bei den Riesenseerosen war zum Glück nicht besetzt, es rannte auch keine Schulklasse lärmend durch die Halle. Hier im Schutz des dichten Blätterdachs saßen sie still beieinander und trauerten um Andreas Pfeifer. Ohne es zu wollen, fühlten sie manchmal eine emotionale Nähe zu den Opfern, und dann kamen sie hierher, um sich zu beruhigen. Katja Blume nahm Paula in ihre kräftigen Arme und drückte sie fest.

»Und nun schnapp dir den Kerl«, sagte sie lächelnd.

Eine Stunde später war Paula zurück in Kleinroda. Gemeinsam mit Tom inspizierten sie noch einmal das Zimmer von Andreas Pfeifer. Vielleicht hatten sie etwas übersehen, einen Abschiedsbrief zum Beispiel. Hase hatten sie über den Stand der Dinge informiert, und am Nachmittag stand wieder ein Treffen mit dem Leiter der KPI Jena und dem Staatsanwalt bevor. Bis dahin sollten sie einen Ermittlungserfolg zu bieten haben. Lustlos stocherte Paula in Andreas Pfeifers Kleiderschrank. Lauter schwarze Teile, die irgendwie schmuddelig aussahen und muffig rochen. Tom hatte sich vorsichtig auf den Drehstuhl vor dem Schreibtisch gesetzt und durchwühlte die Schubladen. Gefährlich knarzte der Stuhl unter seinem Gewicht.

»Also, dass der Andreas seinen Vater erschießt, dann in den Wald geht und sich erhängt wäre doch das einfachste Szenario, oder?«, meinte Tom.

Stirnrunzelnd blickte Paula aus dem Fenster. »Schon, nur so war es eben nicht?«, antwortete sie.

»Aber dann wären wir den ganzen Schlamassel los und bräuchten nicht mehr in stinkigen Socken zu wühlen.«

Tom griff mit spitzen Fingern nach einer Socke, die auf dem Schreibtisch lag, und warf sie auf den Boden. Paula zog die Nase kraus und öffnete das Fenster zum Hof.

»Wenn der Andi seinen Vater nicht ermordet hat, ihm das aber jemand anhängen wollte und die Armbrust in der Scheune versteckt hat?« Grübelnd blickte sie zur Scheune. »Jeder im Dorf wusste schließlich von Andreas' Tierquälereien. Was, wenn der Andreas den Täter gesehen hat, als der die Waffe im Hof versteckt hat? Was würde so ein Junge dann machen? Die Polizei informieren? Eher nicht!«

Tom blickte interessiert auf.

»Der würde versuchen, den zu erpressen«, murmelte er.

»Das glaube ich auch. Der hat seinen Vater gehasst, aber umbringen? Und als er dann den Mörder ums Haus schleichen sieht, will der den abzocken.«

»Der lässt sich aber nicht abzocken, sondern bringt auch noch den Andreas um«, fiel Tom Paula ins Wort. »Es soll wie Selbstmord aussehen, deshalb schmeißt er ihn den Hochsitz mit einer Schlinge um den Hals hinunter. Sehr kräftig war Andreas Pfeifer ja nun nicht, mit dem würde wohl jeder fertig werden.«

Schweigend und grübelnd blickten beide aus dem Fenster. Eine Katze schlich über den Hof und huschte in die Scheune.

»Aber wer hat dann Horst Pfeifer umgebracht?«, fragte Tom in die Stille. Als die Katze mit einer fetten Maus im Maul wieder aus der Scheune kam, beobachteten Tom und Paula fasziniert, wie sie das kleine Tierchen immer wieder laufen ließ und einfing, bis sie es schließlich leise knackend verspeiste.

»Was ist denn mit dem Holzdieb?«, fragte Paula und spann ihre Überlegungen gleich weiter. »Der Förster hat doch gesagt, dass das gestohlene Holz dem Horst Pfeifer gehört hat. Vielleicht hat der ja den Holzdieb auf frischer Tat ertappt. Oder sie haben gemeinsame Sache gemacht.«

Fragend zog Tom die Schultern hoch. »Was denn für eine gemeinsame Sache?«

»Also, so wie ich das verstanden habe, wird das Holz von einem Sägewerk gekauft, der Pfeifer bekommt sein Geld, und irgendwann wird das Holz dann abgeholt. Wenn es dann aber jemand klaut, dann hat das Sägewerk eben Pech.« Gestikulierend schritt Paula durchs Zimmer. »Wenn der Pfeifer dem Holzdieb einen Tipp gegeben hat, wo frisches Holz lagert, dann hat der da vielleicht auch noch einmal für die Info abkassiert? So wie die Leute über den Pfeifer sprechen, könnt ich mir das vorstellen.«

»Und warum sollte der Dieb den dann umbringen?«, fragte Tom skeptisch.

»Weiß ich doch nicht, warum jemand überhaupt jemanden umbringt. Wenn, dann garantiert wegen der Kohle. Vielleicht wollte der Pfeifer mehr haben?« Paula legte die Stirn an die kühle Fensterscheibe. »War ja nur eine Theorie.«

»Komm, lass uns mal im Dorf rumfragen, vielleicht erkennt

ja einer den Holzdieb?« Tom zog Paula hinter sich her aus dem Zimmer.

Es hatte angefangen zu nieseln. Paula schlurfte hinter Tom her durchs Dorf. Kleinroda war ein typisches thüringisches Dorf. Hier gab es noch große Vierseithöfe, die sich wie an einer Perlenschnur an der Dorfstraße entlangreihten, eine Kirche, einen Spielplatz, eine Wirtschaft, nur der Konsum hatte schon vor Jahren dichtgemacht. Viel los war hier auf den ersten Blick nicht, aber da sie das Dorfleben nun schon seit einiger Zeit hautnah miterlebte, wusste Paula um die verborgenen Aktivitäten. Und da knatterte auch schon der erste Traktor an ihr vorbei, den Hänger schwer beladen mit riesigen Strohballen. Sie hörte Stimmen vom Ortseingang her, aufgeregt wurden laute Kommandos gerufen. Neugierig reckte Paula den Hals und blieb dann erschrocken mitten auf der Dorfstraße stehen. Eine Herde von vielleicht acht Kühen mit Kälbern stürmte auf sie zu, und hinter ihr liefen einige Bauern, die den Rindern mit Stöcken und Zurufen den Weg wiesen. Fluchtartig sprangen Paula und Tom von der Straße und quetschten sich an eine Hauswand. Die Horde stürmte an ihnen vorbei, und die Bauern warfen sich belustigte Blicke zu. Kreidebleich klebten die Beamten an der Hausmauer.

»Brochst keene Angst ham, Mädchen. De Viecher wern nur wieder ausjestallt. Die duun dir nüscht.«

Vor lauter Schreck knickten Paula die Beine weg. Wo kam diese Stimme her? Gerade so hielt sie sich noch aufrecht und blickte sich um. Dann atmete sie tief durch und sah den alten Mann, der sich aus einem Fenster über ihnen gebeugt hatte. Mit seinem runden, knittrigen Gesichtchen, dem kahlen Schädel und dem faltigen, dünnen Hals sah er aus wie eine uralte Schildkröte, die aus ihrem Panzer schaute. Bei jedem Wort wackelte das Köpfchen auf und ab, und der zahnlose Mund verstärkte den Eindruck noch.

»Was?«, keuchte Paula.

»Die duun nüscht!«, versuchte es die Schildkröte es erneut.

»Ah ja …«, stöhnte Paula, rappelte sich auf und zerrte den leichenblassen Tom die Dorfstraße entlang.

Von diesem Schreck mussten sie sich erst einmal erholen, bevor sie von Hof zu Hof zogen. Als sie an der kleinen Dorfkirche vorbeikamen, ließen Paula sphärisch anmutende Klänge stocken. Leonie hatte ihr ja schon einige Male von der Orgelspielerin in Kleinroda erzählt, aber Paula hatte den Dorfgeschichten immer nur mit halbem Ohr gelauscht. Nun drangen derart skurrile Töne aus der Kirche, dass Paula magnetisch davon angezogen wurde.

»Warte mal kurz. Nur eine Minute«, wandte sie sich bittend an Tom.

Leise öffnete sie die Kirchentür und ließ sich vorsichtig auf einem Stuhl nieder. Nur ein paar alte Frauen saßen in der ersten Reihe und musterten sie kurz, während ihre zarten Stimmchen sich in dem gewaltigen Orgelspiel verloren. Paula schaute sich neugierig um. Hübsch war es hier, stellte sie erstaunt fest. Bis jetzt war sie vielleicht dreimal in ihrem Leben in einer Kirche gewesen. Einmal mit der Schule, da hatten sie sich die Evangelische Stadtkirche St. Michael im Stadtzentrum von Jena angeschaut, und dann waren da noch eine Hochzeit und eine Trauerfeier gewesen, die sie in eine Kirche geführt hatten. Sich einfach mal die Zeit zu nehmen für den Besuch eines Gottesdienstes, daran hatte sie noch nie gedacht. Leonie, Marlis und Oma Eri besuchten regelmäßig das Gotteshaus, und vielleicht ging sie das nächste Mal einfach mit, beschloss sie gerade, als ihr Blick an Oma Eri hängen blieb. Die hatte sie gar nicht erkannt in ihrem Festtagsstaat. Die bunte Kittelschürze hatte sie gegen ein graues Kostüm eingetauscht, und auf ihrem Kopf hatte sie doch tatsächlich ein keckes, kleines Hütchen sitzen. Paula grinste breit und nickte Oma Eri zu.

Es war kühl in der Kirche und Paula fröstelte. Gestern Abend hatte sie sich mit Tom verquatscht und war dann todmüde allein schlafen gegangen, und nun sehnte sich nach Max' warmem Bett. Sie hatte nicht gleich einschlafen können, da sie die Geräusche, die aus Leonies Zimmer gedrungen waren, nicht überhören konnte. Da hatte das Polizeimeisterlein Leonie doch noch becircen können. Paula hatte die Hoffnung beinahe aufgegeben, dass Leonie einen neuen Mann in ihr Leben und Bett lassen würde. Dass es nun ausgerechnet ihr Kollege sein musste, fand sie nicht so toll. Wie sollte sie denn Jan noch ungespitzt in den Boden rammen, wenn hinter ihm Leonie mit großen Kulleraugen stand? Andererseits war ihr in den letzten Wochen klargeworden, dass sie nicht ewig in diesem Kuhkaff Dienst tun konnte. Es zog sie mehr und mehr zu ihrem alten Job nach Jena zurück. In einigen Wochen war Jan eingearbeitet und könnte den Polizeiposten übernehmen, und sie müsste kein schlechtes Gewissen haben, Leonie allein zurückzulassen. Sie hätte ja dann das Polizeimeisterlein an ihrer Seite.

Nach zehn Minuten schlich sie sich aus der Kirche zurück zu Tom, der ungeduldig vor der Tür gewartet hatte.

»Na, hast du die Omas ordentlich durch die Mangel genommen?«, spottete er.

»Nee, aber interessant war es allemal. Stell dir vor, die Orgelspielerin ist die ehemalige Dorfärztin.«

»Soso, und die widmet sich jetzt nicht mehr den kranken Leuten, sondern der kranken Orgel, oder warum hat das so gequietscht?«, fragte Tom und verzog gequält das Gesicht.

»Hey, sie übt halt noch. Spiel du mal so ein Ding, das ist echt schwierig.« Paula schüttelte den Kopf über ihren unsensiblen Kollegen, grinste ihn im nächsten Moment aber breit an. »Das war schon ein Ohrenschmaus der besonderen Art, was? Aber jetzt zurück an die Arbeit.« Voller Elan schritt sie aus und übersah sie den großen Hundehaufen vor ihren Füßen. Schmatzend trat sie mitten hinein.

»So eine Scheiße«, maulte sie.

Tom drehte sich zu ihr um.

»Dafür gibt es in der Stadt echt harte Strafen. Da scheißt keiner einfach so auf den Gehweg, das solltet ihr hier auch mal einführen«, feixte er.

»Kommt ganz oben auf meine Liste«, murmelte Paula und versuchte ihren Schuh im matschigen Gras zu reinigen.

»Ja, Mädchen, du musst schon schauen, wo du hintrittst«, sagte plötzlich jemand hinter ihr.

Es war Gerlinde. Die rüstige Frau hatte Paula und Tom schon eine Weile beobachtet. Paula kannte Gerlinde vom Polizeiposten, wo die alte Dame regelmäßig vorsprach, um kleinere und größere Delikte zu melden. Gerlinde wusste immer über alles Bescheid, kannte jeden im Dorf und passte auf wie ein Schießhund.

»Das war dem Rudi sein riesiger Köter«, meinte sie mit Blick auf den zermatschten Hundehaufen und schüttelte empört ihren Kopf.

Paula starrte fasziniert auf Gerlindes mahagonifarbene Betonfrisur. Kein Kringel des stattlichen Lockenkopfes wich von der Stelle. Tom holte sein Handy heraus und zeigte Gerlinde Leonies Schnappschuss vom Holzdieb.

»Kennen Sie den vielleicht?«

Gerlinde nahm Tom das Handy aus den Händen und betrachtete skeptisch das Display.

»Nee«, meinte sie gedehnt und rieb sich grübelnd das Kinn. »Aber das könnte einer von dem Ernst seinen Cousins sein, die Ullrichs sehen sich doch alle ziemlich ähnlich, und der hier sieht wie ein Ullrich aus.« Mit sich zufrieden blickte sie wieder voller Ekel auf Paulas Schuh. »Den Gestank kriegst du nicht weg! Aber ich hab mir so ein Spray gegen üble Gerüche besorgt, da kannst du nachher mal vorbeikommen, und ich sprüh dir den Schuh ein. Obwohl … vielleicht wirfst du den einfach gleich weg.«

Tom konnte sich ein blödes Grinsen nicht verkneifen, und Paula stöhnte genervt auf. Was alle nur immer an ihrer Fußbekleidung zu nörgeln hatten.

»Wie genau dem Ernst Ullrich sein Cousin heißt, wissen Sie aber nicht?«, lenkte sie das Thema nun wieder auf die Ermittlungen.

»Nee, ich kann mir ja nun auch nicht alles merken«, schnappte Gerlinde. »Fragt den Ernst, der hat doch da drüben seine Autowerkstatt.« Mit Schwung drehte Gerlinde sich plötzlich um, wich geschickt den Resten des Hundehaufens aus und lief mit wehendem, lilafarbenen Regenmantel über die Dorfstraße. Dabei fuchtelte sie heftig mit einem gelben Beutel in der Hand, offenbar um die Aufmerksamkeit des Mannes zu erregen, der gerade die Verkaufsklappe seines Bäckerwagens schloss.

Interessiert blickte Paula auf und beschloss, ebenfalls eine Kleinigkeit zu kaufen. Die Auslagen des mobilen Bäckers waren übersichtlich, aber alles war frisch und roch köstlich. Paula entschied sich für einen Pfannkuchen und eine Brezel. Tom widerstand den kulinarischen Verlockungen mit gequältem Gesicht und streichelte zart über seinen stattlichen Bauch.

»Na, dann lass uns mal diesen Ernst Ullrich besuchen«, nuschelte Paula mit vollem Mund und leckte sich über die mit Zucker und Marmelade beschmierten Lippen.

Natürlich begleitete Gerlinde sie anschließend auf den Hof von Ernst Ullrich. Schließlich hatte sie ihnen den Tipp gegeben und damit jedes Recht der Welt erworben, bei der Befragung dabei zu sein. Paula versuchte erst gar nicht, Gerlinde davon abzuhalten. Bis jetzt hatte sie stets den Kürzeren gezogen, wenn die Rentnerin im Spiel war. Die Hoftore standen weit offen, und so konnten sie ungehindert eintreten. Paula rief laut nach dem Gesuchten, bekam aber keine Antwort.

»Der ist bestimmt in seiner Werkstatt«, sagte Gerlinde und war auch schon in einer Art Garage verschwunden.

Bevor Paula ihr folgte, drehte sich noch einmal zu Tom um und stellte verwundert fest, dass dieser in einem alten schrottreifen Trabant Kübel saß. Verzückt fummelte er an Schaltern und Fensterhebeln herum und klopfte dann neben sich auf den Sitz. Eine stattliche Staubwolke wirbelte hoch.

»Komm, setz dich her, so einen wollte ich als Kind auch immer haben. Ist der Kult, oder was?«

»Du saust dich total ein in dem Ding. Komm da raus, sonst hat Gerlinde unseren Job schon erledigt, bevor wir auch nur einen Fuß in die Werkstatt gesetzt haben.« Mit einem Grinsen im Gesicht zog sie den maulenden Tom aus dem Trabi.

In der Werkstatt befragte Gerlinde bereits den verdutzten Automechaniker. Tom schob sich zwischen ihn und Gerlinde, damit Paula ihre Fragen stellen konnte.

Ernst Ullrich druckste erst ein paar Minuten herum, als Paula ihn nach seinem Cousin befragte. Erst als sie ihm Leonies Foto unter die Nase hielt, gab er mit einem genervten Schnauben auf.

»Dieser Idiot«, stöhnte er auf und schob seine alte, dreckige Wollmütze in die Stirn. »Ich hab dem schon so oft gesagt, dass der sich nicht in solche Sachen verwickeln lassen soll, aber der lernt es echt nicht mehr.«

Ullrich wendete sich einer offenen Motorhaube zu, Paula ließ sich nicht abwimmeln.

»Nix da, Herr Ullrich, jetzt raus mit der Sprache. Wie heißt Ihr Cousin und wo finden wir ihn?«

»Steffan liegt oben und schläft, aber ich hatte wirklich keine Ahnung von seinen krummen Geschäften. Mir hat er erzählt, dass er für ein neues Unternehmen arbeitet und mehrere Sägewerke in der Gegend beliefert. Da hat er dann eben ab und zu bei mir übernachtet. Ich dachte doch, das geht alles mit rechten Dingen zu«, jammerte er und trat unruhig von einem Bein aufs andere.

»Und dass er das Holz geklaut haben könnte, kam Ihnen nicht

in den Sinn? Sie wissen schon, dass sie sich da unter Umständen mitschuldig gemacht haben?«, fragte Tom.

»Nee, wieso denn? Der hat doch so einen richtigen Holztransporter«, heulte Ernst Ullrich auf.

Fragende Blicke trafen ihn.

»Hinten im Garten, da kann man direkt vom Wald aus reinfahren, ohne dass einer was mitkriegt«, murmelte er nun resigniert.

»Was ist denn Ihr Cousin für einer?«, fragte Paula, packte den Automechaniker an seiner schmutzigen Arbeitsjacke und zog ihn hinter sich her.

»Das ist kein schlechter Kerl, ehrlich. Er gerät nur immer wieder an die falschen Leute.«

»Brauchen wir Verstärkung, oder lässt er sich ohne viel Getue von uns befragen?«, wollte Paula wissen.

»Der wird schon keinen Ärger machen«, nuschelte Ernst Ullrich.

»Da hatte Leonie wohl einen ganz falschen Eindruck von diesem Herren«, sagte Paula und blickte Tom vielsagend an.

Er nickte ihr zu und öffnete seine Jacke, um im Notfall die Dienstwaffe und die Handschellen griffbereit zu haben.

Eine Stirnseite des Vierseithofes hatte einen von Efeu und Jungfernrebe bewachsenen Laubengang, und dort hinauf führte eine hölzerne Treppe. Alle vier stiegen die Treppen hoch. Gerlinde hatte sich nicht davon abbringen lassen mitzugehen, und so hatten die beiden Kommissare zähneknirschend aufgegeben.

Ullrich deutete mit einem Nicken auf die letzte Tür. Tom und Paula postierten sich rechts und links vom Türrahmen und bedeuteten Ullrich zu klopfen. Nichts rührte sich in dem Zimmer. Fragend zog Ullrich die Schultern hoch. Tom schob ihn ein wenig zur Seite und öffnete langsam die Tür. Das Zimmer schien verlassen. Alle drei traten ein und schauten sich in dem karg möblierten Zimmer um. Als Tom sich bückte, um unter dem Bett nachzuschauen, zerriss ein Schrei die Stille.

Paula und Tom stürmten gleichzeitig los und blieben beinahe im Türrahmen stecken. Doch Tom zog den Bauch ein und Paula schlüpfte zuerst hindurch. Am Rande der Treppe kämpfte Gerlinde schimpfend mit einem Mann, der Ernst Ullrich sehr ähnlich sah.

Steffan Ullrich hätte fast die beiden Kommissare überlistet, aber hatte offensichtlich alle Mühe, die wütende Gerlinde zu bändigen. Mit ihrem gelben, gutgefüllten Brotbeutel schlug sie immer wieder auf den Mann ein, obwohl dieser sie von hinten gepackt hielt und versuchte, mit ihr zusammen über die Treppen nach unten zu fliehen.

Ein robuster lilafarbener Damenschuh löste sich von Gerlindes Fuß und polterte die Stufen hinunter. Die resolute Rentnerin war völlig außer sich, entwand sich dem Griff ihres Angreifers und gab ihm einen heftigen Stoß, der ihn rücklings die Treppe hinunterstürzen ließ. Dies alles dauerte nur einige Sekunden, während denen Paula und Tom wie Statuen am Rande der Treppe standen und abwechselnd auf den sich vor Schmerz windenden Mann und auf Gerlinde starrten. Die hüpfte nun auf einem Bein die restlichen Stufen hinunter und hob besorgt ihren lilafarbenen Schuh auf. Kritisch untersuchte sie ihn nach Kratzern und schlüpfte beruhigt hinein. Tom und Paula erwachten aus ihrer Starre und folgten den beiden nach unten.

Steffan Ullrich lag am Boden und ließ sich ohne Gegenwehr von Tom Handschellen anlegen. Gerlinde schwenkte noch immer ihren Brotbeutel in seine Richtung und kommentierte ohne Unterlass ihre heldenhafte Tat. Paula konnte sich lebhaft vorstellen, wie das Ereignis die Runde im Dorf machen würde. Die Beamten würden sicherlich nicht gut dabei wegkommen.

Brav bedankte Paula sich bei Gerlinde und schob sie langsam vom Hof. Doch Gerlinde hatte es nun selbst eilig. Gerade klapperte die Nordic-Walking-Damenriege mit ihren Stöcken die Dorfstraße hinunter, und Gerlinde schwang ihren gelben Beutel erneut, um die Damen zu stoppen. Paula schloss schnell die Hoftür und hakte den Riegel ein. Jetzt konnten sie hoffentlich in Ruhe ihre Ermittlungen weiterführen.

Tom half Steffan Ullrich gerade vom Boden hoch, als Paula zu ihnen trat.

»So, Herr Ullrich, dann zeigen Sie uns doch einmal Ihren Laster und die Frachtpapiere der Ladung.«

# 12. Kapitel

Es war später Nachmittag, als Paula und Tom endlich die Kantine der Dienststelle betraten. Die Kantinenangestellte hatte schon saubergemacht und die übrig gebliebenen Speisen aus der Auslage in den Kühlschrank gestellt, als Paulas hungriger Blick ihr Herz schmelzen ließ. Schnell machte sie den beiden Beamten ein paar Bockwürste warm und schob sie dann mit ihren Tellern in den Händen aus der Kantine.

Im Dienstzimmer blickte Tom ein wenig angewidert auf seine verschrumpelten Würstchen. Paula hingegen hatte ihren Teller schon fast geleert. Schmatzend sagte sie:

»Wenn du die nicht willst … bei mir passen die noch rein.«

Schnell biss Tom in ein Würstchen. Hase betrachtete fasziniert seine Kollegin, stand dann auf und holte Kaffee für alle.

»Übrigens, die Auswertung der Tatorte ist gekommen«, sagte Hase wie beiläufig.

Er öffnete einen schmalen Ordner und begann darin zu lesen. Paula schob ihren leeren Teller von sich und betrachtete Hase.

»Na, da schau her«, murmelte er und las weiter.

Paula setzte sich aufrechter in ihrem Schreibtischstuhl und blickte nun intensiver zu Hase. Der bemerkte die Blicke, ließ Paula aber noch ein wenig zappeln.

»So, so. Das hab ich mir doch gleich gedacht.« Mit einem Klatsch schloss er den Hefter und kramte selbstvergessen in einer Bonbonschachtel herum.

Paula verdrehte die Augen.

»Nun rück schon raus mit der Sprache. Was hast du dir denn gleich gedacht, dass in diesen Akten steht?«, fragte sie ungeduldig.

Hase schaute von seinen Süßigkeiten auf, wartete, bis er auch von Tom volle Aufmerksamkeit bekam, räusperte sich geräuschvoll und nahm die Akte wieder zur Hand.

»Unsere Kollegen haben sich voll ins Zeug gelegt und bei der Autopsie von Andreas Pfeifer einwandfrei festgestellt, dass keine Selbsttötung vorliegt. Druckstellen und kleinere Verletzungen deuten auf einen Kampf. Unter Andreas' Fingernägeln konnten sie fremde DNA sicherstellen, aber das wussten wir ja bereits. Interessant ist, dass einige Spuren vom ersten Tatort identisch mit Spuren vom zweiten Tatort sind. Was uns sagt, dass wir es mit ein und demselben Täter zu tun haben. Es wurden identische DNA-Spuren, also Hautpartikel und Haare, gefunden und Fußabdrücke in Größe vierundvierzig gesichert. Sehr vorsichtig ist der Täter ja nicht vorgegangen, aber er hatte auch nicht viel Zeit, um eventuelle Spuren zu verwischen. Fällt euch da spontan jemand ein?«

»Wenn wir davon ausgehen, dass unser Täter ein Mann ist mit Haaren auf dem Kopf und Schuhgröße vierundvierzig, dann dürfte das ein Klacks werden, den zu finden«, meinte Tom ironisch, noch immer an seiner Wurst kauend.

»Auf alle Fälle überprüfen wir DNA und Schuhgröße von unserem Holzdieb, vielleicht haben wir ja Glück?« Paula nahm einen großen Schluck Kaffee. »So, jetzt bin ich wieder ein Mensch! Danke, Hase, für den Kaffee und den Bericht.« Mit diesen Worten stand sie auf und nickte Tom zu, ihr zu folgen. »Wir sprechen jetzt erst einmal in Ruhe mit diesem Steffan Ullrich.« Über die Schulter zwinkerte sie Hase zu, der prompt rot anlief.

Steffan Ullrich saß wie ein Häufchen Elend auf einem Stuhl im Vernehmungsraum. Er war ein großer, kräftiger Kerl mit verstrubbelten Haaren und einem unordentlichen Dreitagebart. Paula konnte sich gut vorstellen, dass Leonie einen Schreck bekommen hatte, als dieser Mann bei ihrer Begegnung im Wald bedrohlich auf sie zugekommen war. Gut, dass sie auf ihrem Pferd gesessen und schleunigst das Weite gesucht hatte.

War Steffan Ullrich ein Mörder? Paula versuchte ihr Gegenüber einzuschätzen. Als auch Tom Platz genommen hatte, begann sie mit der Befragung.

»Herr Ullrich, was wir Ihnen bis jetzt zur Last legen, ist der Diebstahl von Holz, großen Mengen Holz. Meine Kollegen vom Dezernat für Diebstahlsdelikte werden sich später noch genauer damit befassen. Was ich von Ihnen wissen möchte, ist Folgendes: Kannten Sie Horst Pfeifer und seinen Sohn Andreas?«

Paulas Worte ließen Steffan Ullrich erzittern.

»Das wollen Sie aber nicht mir anhängen, das mit den beiden?«, flüsterte er.

»Sie haben meine Frage nicht beantwortet, kannten Sie die Pfeifers?«

»Ja, aber ich hab nur Geschäfte mit dem Horst gemacht. Ich hab den nicht umgebracht, und seinen Sohn kannte ich gar nicht persönlich.«

»Was für Geschäfte?«

»Na, mit dem Holz eben. Der Horst hat mir gesagt, wann und wo ich es abholen kann, und dafür hat er einen Teil vom Gewinn bekommen.«

»Sie haben aber nicht nur Horst Pfeifers Holz gestohlen. Hat er Ihnen auch Tipps zu anderen Ladungen gegeben?«, fragte Tom nach.

»Na, der Horst war mein Kontaktmann, der hat mir alle Aufträge in der Gegend vermittelt. Warum sollte ich den also umbringen?« Ängstlich blickte Ullrich von einem zum anderen.

»Zum Beispiel, weil Sie ihm seinen Anteil nicht zahlen wollten? Oder vielleicht ist Horst Pfeifer zu gierig geworden?« Paula stand auf und lief unruhig durchs Zimmer. »Spinnen wir den Faden mal etwas weiter: Sie haben Geschäfte mit dem Ermordeten gemacht, dann kam es zu Meinungsverschiedenheiten, und da Sie sich nicht anders zu helfen wussten, haben Sie ihn mit der Armbrust erschossen. Als Sie dann die Waffe im Pfeifer'schen Hof versteckt haben, um seinen Sohn zu belasten, hat dieser Sie gesehen und anschließend erpresst. Und wo Sie nun schon einmal dabei waren, haben Sie auch gleich noch Andreas Pfeifer umgebracht.«

Paula starrte Steffan Ullrich streng an, der starrte kreidebleich zurück.

»Ich war das nicht«, stammelte er mit brüchiger Stimme. »Ich kannte den Andreas doch gar nicht, und wo soll ich denn so eine Armbrust herhaben? Ich kann ja nicht mal schießen.« Er hielt sich die Hände vor die Augen und wippte vor und zurück.

Beinahe hätte Paula Mitleid mit ihm bekommen, aber dann murmelte er:

»Und das alles nur wegen dieser blöden Schlampe auf dem Gaul. Schleicht die da durch den Wald und fotografiert mich auch noch.«

Blitzschnell sprang Tom auf und packte Paula. Er sah die rote Wut in ihren Augen. In diesem Zustand war Paula unberechenbar. Er zog sie aus dem Zimmer und presste sie an die Wand.

»Lass mich los, hast du nicht gehört, was das Schwein über Leonie gesagt hat?« Paula wehrte sich heftig.

Keuchend rangen sie noch eine Weile, dann gab Paula sich geschlagen. Hundertunddreißig Kilo waren einfach nicht wegzudrücken, wenn sie nicht weggedrückt werden wollten.

»Ist gut Großer, es geht wieder. Hast ja recht, aber wenn jemand meine Freunde beleidigt, dann gehen die Pferde eben mit mir durch.«

»Weiß ich doch. Ist schon in Ordnung. Geh du mal zurück zu

Hase, ich mach das hier schon.« Tom drehte Paula an den Schultern um und gab ihr einen leichten Schubs.

Paula trottete den Flur entlang Richtung Dienstzimmer. Was war nur wieder in sie gefahren? Das konnte sie ihre Karriere kosten, so ein unbeherrschtes Verhalten. Wenn Tom nicht dazwischengegangen wäre, hätte sie diesem Dreckskerl sicher weh getan, und dann wäre unweigerlich ein Disziplinarverfahren auf sie zugekommen. Ein unmerkliches Grinsen huschte über ihr Gesicht. In die Pampa hätte man sie schlecht versetzen können, schließlich war sie da schon. Aber da sie mit dem Gedanken spielte, wieder in Jena zu arbeiten, wäre ihr dies nach einem tätlichen Angriff sicher verwehrt worden. Sie pustete zweimal kräftig die Luft aus ihren Backen und dankte Tom in Gedanken. Jetzt brauchte sie erst einmal eine Zigarette.

Zwanzig Minuten später erschien auch Tom im Dienstzimmer.

»Ich hab den Ullrich den Kollegen übergeben, die werden den jetzt erst einmal polizeidienstlich behandeln und überprüfen. Montag wissen wir mehr.« Er warf sich auf seinen maroden Bürostuhl und ließ seinen Rechner hochfahren. »Ich check jetzt noch meine Mails, ich habe jede Menge Anfragen an Internetvertriebe gestellt, die diese Art von Armbrustpfeilen versenden, vielleicht hab ich ja heute Glück. Macht ihr das mit den Protokollen?«

Paula verdrehte die Augen und sah hilfesuchend zu Hase. Der nickte und klopfte auf den Stuhl neben sich. Gemeinsam würden sie das in einer halben Stunde schaffen, dann konnte sie endlich nach Hause gehen. Die letzten Tage waren anstrengend gewesen, und sie freute sich aufs Wochenende. Ein wenig Erholung würde ihnen allen guttun. Sie würde heute bei Max übernachten, da sie wusste, dass Leonie am Abend zu einer Gemeinderatssitzung gehen wollte. Außerdem sehnte sie sich nach Max.

Leonie schwebte auf Wolke sieben. Wahnsinn, dachte sie immer wieder, einfach Wahnsinn. Da hatte sie die Nacht mit Jan verbracht, und es war auch noch gut gewesen. Seit fast drei Jahren, seit Felix' tödlichem Unfall, hatte sie keinen Mann mehr in ihr Bett gelassen. Sie hatte Angst davor gehabt, einen neuen Mann mit Felix zu vergleichen. Sie hatte ihren Felix abgöttisch geliebt, und erst nach und nach ließ der Schmerz über den Verlust ein wenig nach. Seine große Liebe so plötzlich zu verlieren war ein Schock gewesen, und wenn nicht ihre Schwiegermutter Marlis und Oma Eri sie aufgefangen hätten, wer weiß, was dann aus ihr geworden wäre.

Jan war so ganz anders als Felix. Schon rein optisch unterschieden sie sich, und auch ihr Wesen hätte unterschiedlicher nicht sein können. Felix war ein Macher gewesen, der immer neue Projekte und Pläne im Kopf gehabt hatte und rastlos gewesen war. Jan dagegen war ein ruhiger, zurückhaltender Typ, der sich eine Familie und ein Heim wünschte, das hatte er Leonie bereits gestanden. Dabei hatte er einen roten Kopf bekommen, weil es ihm peinlich war, so ein Langweiler zu sein. Leonie hatte ihn ausgelacht und gemeint, dass sie sich genau so einen Langweiler gut an ihrer Seite vorstellen könnte, da sie im Grunde ebenso langweilig war. Die Natur, ihre Tiere, ein Heim und gute Freunde reichten ihr vollkommen aus, um glücklich zu sein. Weder Partys noch fremde Länder hatten sie je interessiert. Und dann hatte das aufgestaute Adrenalin der letzten Tage sich ein Ventil gesucht, und sie waren übereinander hergefallen. Jan war ein zärtlicher und einfühlsamer Liebhaber und Leonie schwebte auf einer Glückswelle.

Am Morgen war Leonie leise in die Küche geschlichen, aber natürlich hatte Oma Eri schon am Herd gestanden. Eier hatten in der Pfanne gebrutzelt und Kaffee war in die Maschine geblubbert. Heimlich hatte sich Leonie ein Brötchen in die Bademanteltasche gestopft und sich schnell mit einem großen Becher Kaffee davonstehlen wollen, als ihr Oma Eri einen Teller mit Rührei in die Hand gedrückt hatte.

»Das kannste dem Jan bringen, der hat doch bestimmt auch Hunger?«, mit einem fröhlichen Augenzwinkern hatte sie die verblüffte Leonie aus der Küche geschoben.

Sie war zwar alt, aber nicht blind, und dass sich da zwischen den beiden etwas anbahnte, hatte sie längst gesehen. Zufrieden hatte Oma Eri vor sich hin genickt und sich ein paar Krümel, die sie vom Küchentisch gefegt hatte, in die bunte Kittelschürze geschoben.

Leonie hatte Jan kichernd von ihrer Begegnung mit Oma Eri in der Küche erzählt und ihm den Teller Rührei auf den Nachttisch gestellt.

»Da hab ich wohl einen Stein im Brett bei der Eri«, hatte er stolz gemeint und sich aufrecht ins Bett gesetzt.

»Ja, da kannst du dir was drauf einbilden, die Oma kann auch ganz schön grantig werden, wenn sie jemanden nicht mag. Und jetzt schwing deinen Hintern aus meinem Bett, ich muss zu den Pferden.«

Zur Bekräftigung ihrer Worte war Jan ein Kissen um die Ohren geflogen. Das hatte Jan nicht auf sich sitzen lassen und das Kissen zurückgeworfen, er hatte es aber mit einer Hand festgehalten und die verblüffte Leonie, als sie danach gegriffen hatte, mit einem Ruck zurück aufs Bett gezogen.

Leonies Tag verlief dann wie die meisten Tage. Sie mistete die Ställe aus, füllte Wasser nach, brachte Heu auf die Weide. Doch dieses Mal kreisten ihre Gedanken unablässig um Jan, und sie bekam das Grinsen nicht mehr aus ihrem Gesicht. Erst am Abend wollten sie sich wiedertreffen, schließlich trug Jan nun die Verantwortung auf dem Polizeiposten, da Paula mit den Mordfällen beschäftigt war.

Die Gemeinderatssitzung im *Dorfkrug* war ein guter Ort und

Zeitpunkt, ihre Freundschaft mit Jan offiziell zu machen. Leonie hatte keine Lust auf Tratsch, sie spielte lieber mit offenen Karten und nahm so Gerüchten den Wind aus den Segeln.

Auch Jan schwebte den ganzen Tag über auf Wolken. Bei den Befragungen der Dörfler, die er für Paula durchführte, fiel es ihm schwer, bei der Sache zu bleiben. Immer wieder trafen ihn verstörte Blicke, weil er blöd grinsend in die Gegend starrte.

Endlich war der Tag vorbei, und er traf sich mit Leonie vor dem *Dorfkrug*. Sie nahm seine Hand, nickte ihm aufmunternd zu und schob sich in die berstend volle Kneipe. Normalerweise waren die Gemeinderatssitzungen nicht so gut besucht, aber ein Gerücht hatte im Dorf die Runde gemacht, und nun waren alle gekommen, um mit eigenen Ohren die neuesten Nachrichten zu hören.

Leonie und Jan schoben sich vorwärts zu einem Tisch, wo Leonies Freundinnen aus dem Dorf saßen, und wurden dort mit großem Hallo begrüßt. Jan klopften die Mädels anerkennend auf die Schulter und zwinkerten Leonie verschwörerisch zu. Doch für mehr blieb keine Zeit, da der Bürgermeister und Gemeinderatsvorsitzende das Wort ergriff.

In den nächsten zwei Stunden brodelte es im *Dorfkrug*. Nachdem der Bürgermeister die Gerüchte, es werde ein Gewerbegebiet bei Kleinroda geben, bestätigt hatte, redeten alle aufgeregt durcheinander. Heftige Diskussionen und jede Menge Bier erhitzten die sonst eher ruhigen Gemüter der Dörfler.

Beinahe wäre es zu einer Schlägerei zwischen dem Seiffert Bernd und dem Möller Klaus gekommen, aber zum Glück war Jan vor Ort. Er trennte die Streithähne und stellte sich beherzt zwischen die kräftigen Bauern, vielleicht gewann er auch durch Leonies bewundernde Blicke mehr Mut. Die Männer blickten den spargeldürren Jan erst ein wenig verdutzt an, ließen dann aber ab. Der Seiffert Bernd trank sein Bier in einem Zug aus, knallte das Glas auf den Tisch und stürmte aus dem *Dorfkrug*. Der Möller Klaus schüttelte verdutzt den Kopf und setzte sich wieder auf seinen Platz. Auch Jan kehrte zu seinem Platz zurück und erhielt überschwängliches Lob für seinen Einsatz.

»Um was ging es da eigentlich?«, fragte Leonie.

»Ach, die beiden sind wohl vom alten Pfeifer über den Tisch gezogen worden. Der hat denen wohl vor seinem Tod noch jede Menge Land abgekauft, und jetzt haben sie erfahren, dass das Land nun Bauland ist und eben viel mehr wert, als sie dafür bekommen haben.«

»Na, dann sind sie doch aber beide geprellt worden, wieso streiten die sich dann?« Leonie blickte fragend zu Klaus Möller.

»Seiffert meinte, dass die Verträge ungültig seien und er keine Geschäfte mit dem Pfeifer gemacht habe. Der Möller hat dann behauptet, er wüsste genau, dass er jede Menge Land verkauft hätte. Der Pfeifer hätte ihm sogar die Verträge gezeigt, und da ist der Seiffert ausgerastet und wollte den Möller hauen.«

»Und dann ist mein Held gekommen und hat für Recht und Ordnung gesorgt«, sagte Leonie und fuhr Jan durchs rote Haar.

Leonies Freundinnen johlten. Jans Gesichtsfarbe näherte sich der Farbe seines Haarschopfs.

»Beißen sich ein wenig, deine Rottöne«, kicherte Birgit, und Susi und Jule fielen gutgelaunt mit ein.

Dann prosteten die Mädels Jan zu und erklärten ihn offiziell für akzeptabel.

»Aber pass bloß auf, wenn du die Leonie ärgerst, hast du uns alle drei am Hals«, unkte Jule und orderte noch eine Runde beim Wirt.

Erneut brach Tumult im *Dorfkrug* aus. Sie reckten ihre Hälse und sahen Gerlinde zwei Tische weiter. Mit nicht mehr ganz perfekt sitzender Frisur erzählte sie wortreich und wild gestikulierend von ihrem heldenhaften Einsatz beim Überwältigen des Cousins von Ernst Ullrich. Alle am Tisch um Gerlinde herum redeten gleichzeitig auf sie ein, klopften ihr auf die Schulter, bestellten Getränke zum Anstoßen und fragten, wo denn die Polizei gewesen sei.

Leonie schüttelte den Kopf und legte beruhigend die Hand auf Jans Arm. Paula hatte sie über die Festnahme von diesem Ullrich informiert. Dass Gerlinde sich als Heldin feiern ließ, fand Leonie unmöglich. Sie ahnte auch, dass Jan sich ärgerte, bei der Verhaftung nicht dabei gewesen zu sein.

»Kommt, jetzt lasst euch den Abend nicht von Gerlinde verderben, wir wissen doch alle, dass sie sich gerne wichtig macht«, versuchte Birgit die Aufmerksamkeit von Leonie und Jan wieder an ihren Tisch zu lenken. »Also, noch einmal: Prost, Jan! Und nun wollen wir mal so einen richtig schönen verliebten Kuss von euch sehen.«

»Küssen, küssen, küssen!«, riefen Jule, Birgit und Susi einstimmig.

»Ihr seid so peinlich«, lachte Leonie.

Auch Jan vergaß schlagartig Gerlinde. Er ließ sich nicht lange bitten, nahm Leonies Gesicht in beide Hände und küsste sie leidenschaftlich. Lautes Johlen begleitete diesen Kuss, aber das Liebespaar ließ sich davon nicht stören.

# 13. Kapitel

Konnte das Leben nicht immer so herrlich sein. Ausschlafen, im Bett frühstücken, kuscheln, rumalbern, wieder einschlafen. Genüsslich räkelte Paula sich in Max' großem Bett. Ein wenig widerwillig nahm sie das Handy vom Nachttisch und schaltete es ein. Hoffentlich war es ruhig geblieben, und sie konnte ihr Wochenende noch ein Weilchen genießen. Tatsächlich war nur eine Nachricht von Leonie da. Sie schlug einen Stadtbummel zu viert in Weimar vor.

Brummend wälzte Paula sich auf den Bauch und hielt Max die Nase zu. Das leise Schnarchen hörte auf, und Sekunden später schnappte Max nach Luft. Kichernd kuschelte Paula sich noch einmal in die warme Armbeuge und erzählte ihm von Leonies Plänen für diesen Samstag.

»Können wir nicht einfach hierbleiben, im Bett«, brummte Max unwillig.

»Könnten wir schon, aber ich glaube, Leonie braucht ein wenig Unterstützung bei ihrem Date mit Jan. Schließlich war sie schon ein paar Jahre nicht mehr mit einem Mann aus. Vielleicht hat sie Angst, so ganz alleine mit dem Polizeimeisterlein?«

»Ach, und da musst du als ihre große Freundin natürlich helfen?« Nun auch putzmunter nahm Max Paula fester in den Arm.

»Wie viel Zeit haben wir denn noch?«

»Genug«, grinste Paula.

Der Ausflug nach Weimar war genau das Richtige, um sie alle auf andere Gedanken zu bringen. Sie schlenderten die Schillerstraße entlang, schauten rechts und links in die Schaufenster der Geschäfte und hörten eine Weile lang einer sehr talentierten Straßenkünstlerin zu.

»Komm, lass uns noch in den Steinladen reingehen«, sagte Leonie und zog die verblüffte Paula zu einem Geschäft.

»Was willst du denn da drin, du hast doch schon genug von dem Zeug«, murrte Paula.

Sie hatte Hunger. Außerdem waren Steine das absolut Langweiligste, was sie sich während einer Bummeltour in Weimar vorstellen konnte. Wer außer ihrer Freundin ging Steine shoppen? Paula winkte kurz Max und Jan zu, und noch ehe sie die Ladentür hinter sich geschlossen hatten, war Leonie schon in ein intensives Gespräch mit der Verkäuferin verwickelt. Paula klimperte an den mit Lederschnüren aufgehängten Steinen herum und betrachtete dann ein wenig angeekelt die versteinerten oder wie auch immer konservierten Insekten, die sich an einer Wand des Ladens präsentierten. Eine Eidechse erregte ihre Aufmerksamkeit und gleich daneben ein Paar schillernde Skarabäen, die kannte sie immerhin, weil Leonie ihr mal so einen als Schmuckanhänger geschenkt hatte. Leonie und die Steinefrau steckten die Köpfe zusammen und begutachteten Steine jeder Form und Farbe, dabei alberten sie herum wie gute Freundinnen. Paula war wieder einmal erstaunt, wie schnell Leonie einen guten Draht zu Menschen aufbauen konnte.

»Schau dir doch an der Kasse die Ketten einmal an, vielleicht findest du dort etwas Schönes«, rief Leonie ihr zu.

Mit unbeteiligter Miene schlurfte Paula zu den Ketten. Sie klimperte ein wenig daran herum und schaute sich gelangweilt um. Ihr Blick blieb an einem Terrarium in einer Ecke des Ladens hängen. Da bewegte sich doch etwas. Gerade wollte sie sich das näher anschauen, als sie auf ihrer Hand ein Kribbeln bemerkte.

Instinktiv zog sie die Hand weg und starrte darauf. Sie keuchte und wurde leichenblass. Plötzlich begann sie, wild mit den Armen zu wedeln und im Kreis zu hüpfen, bis Leonie sie packte und festhielt.

»Pass doch auf, du machst sie noch kaputt«, sagte sie vorwurfsvoll und zupfte Paula die Stabheuschrecke vom Arm.

»Was …«, keuchte Paula und schüttelte sich noch einmal kräftig.

»Sorry, das hab ich glatt vergessen, hier sitzt Frida immer und macht ihr Schläfchen«, kicherte Leonie und ließ das circa vier Zentimeter große Insekt auf ihrer Hand balancieren.

»Du wusstest, dass dieses Vieh in den Ketten sitzt?«

»Jetzt reg dich nicht auf, es ist doch nur eine Heuschrecke, die tut nichts.«

»Die tut nichts?« Paula kreischte. »Spinnst du, mich so zu erschrecken. Wieso kriecht hier eigentlich Ungeziefer rum, ist das überhaupt erlaubt?«

Paulas blasser Teint war einem krebsrotem gewichen. Mit großen Schritten stürmte sie aus dem Laden. Krachend flog die Tür ins Schloss. Leonie zuckte mit den Schultern und brachte die Stabheuschrecke seelenruhig zurück in ihr Terrarium.

»Die beruhigt sich schon wieder«, beschwichtigte sie die besorgte Verkäuferin. »Und außerdem hatte sie eine kleine Strafe verdient«, murmelte sie.

Schließlich hatte sie sich nicht darum gekümmert, als auf ihre Pferde geschossen worden war. Jetzt waren sie quitt, beschloss Leonie. Sie ließ sich noch die Lieblinge der Steinefrau zeigen und war voll des Lobes für die süßen kleinen Kakerlaken in einem weiteren Terrarium, die sich munter über ein frisches Salatblatt hermachten. In aller Seelenruhe betrachtete sie noch die riesigen Achatschnecken, bevor sie Paula schließlich nach draußen folgte.

Den Abend verbrachten sie dann wieder gutgelaunt im *Resi*,

dem ältesten Kaffeehaus Weimars. Studenten, Touristen und Weimars Prominenz waren eine illustre Gästeschar, auch an diesem Abend. Es ging hoch her, und als Paula nach etlichen Bieren noch ihre Geschichte mit der Stabheuschrecke zum Besten gab, war alles vergeben und vergessen. Alle lachten herzlich, und Paula musste immer wieder ihr Entsetzen spielen, das sie beim Anblick des Insekts überfallen hatte.

Erst spät verließen sie das Restaurant. Jan, der keinen Tropfen Alkohol angerührt hatte, fuhr die aufgedrehten Freunde sicher nach Kleinroda zurück.

Sonntagmittag war der Tisch in Oma Eris Küche mit köstlichen Speisen gedeckt. Pünktlich hatten sich alle eingefunden, schnupperten erwartungsvoll und blickten hungrig auf die noch geschlossenen Töpfe. Mit großer Geste hob Marlis die Deckel, und ein Raunen ging durch die Küche.

»Kaninchen in Rotweinsoße mit Thüringer Klößen und Apfelrotkraut«, stöhnte Max und packte seine Gabel fester. Auch Jan schluckte gierig und ließ den Kaninchenbraten nicht aus den Augen. Leonie und Paula sahen sich über den Tisch hinweg glücklich an und kicherten, als Oma Eri Max auf die Finger haute, weil der sich bereits am Nachtisch zu schaffen machte.

Sonntags wurde im Hause Ritter immer besonders gut und reichlich gespeist. Weil heute zwei Männer mit an ihrem Tisch saßen, hatte Marlis sogar zwei Kaninchen aus der Tiefkühltruhe geholt. Endlich füllte sich das Haus wieder mit Leben. Vielleicht war dieser Jan der Richtige für ihre Leonie. Sogar an eine Heirat und Enkelkinder hatte Marlis schon gedacht, obwohl sie wusste, wie voreilig sie damit war.

Eine besonders schöne Kaninchenkeule landete auf Jans Teller, und Marlis goss viel Soße darüber. Schließlich liebten die Thüringer Soße über alles und ertränkten ihre Klöße regelrecht darin.

Nachdem alle die ersten Bissen genossen und entsprechend gewürdigt hatten, erkundigte sich Marlis, was bei der Gemeinderatssitzung am Freitagabend besprochen worden war. Leonie erzählte, wie Gerlinde sich mit ihrer Heldentat gebrüstet hatte. Paula zog einen Flunsch, und Jan blickte schuldbewusst auf seinen Teller.

»Ich konnte sie ja schlecht daran hindern, die Geschichte zu erzählen, dann hätten die erst recht auf uns Polizisten rumgehackt«, versuchte er eine Entschuldigung in Paulas Richtung.

»Schon gut, die Gerlinde kriegst du eh nicht mundtot«, meinte Paula und schob sich ein großes Stück Kaninchenfleisch in den Mund.

Leonie tätschelte Jans Hand und grinste.

»Aber vorher hat der Jan sich noch todesmutig zwischen zwei Streithähne gestellt. Die waren so verblüfft, als der Jan sie getrennt hat, dass sie glatt vergessen haben, sich weiter zu streiten«, sagte Leonie stolz.

»Und worum ging es bei dem Streit?«, fragte Paula mit vollem Mund.

»Ach, worum es bei den Bauern immer geht, um Land natürlich. Der eine hat nicht genug und der andere zu wenig«, kicherte Leonie. »War schon gut, dass du damals so hartnäckig auf deinem Land gehockt hast und keinen Hektar hergegeben hast«, meinte sie an Oma Eri gewandt.

»Ein Wohngebiet wollten die auf unserm Land bauen, stellt euch das nur mal vor. Lauter so reiche Stadtschnösel genau vor unserer Nase, nee, nee«, antwortete Oma Eri aufgeregt.

»Und dann hättest du auch gar kein Land für deine Pferde mehr gehabt«, sagte Marlis an Leonie gewandt und schaufelte den Männern noch eine Portion Fleisch auf die Teller.

»Dann würde es mir wahrscheinlich wie dem Möller Klaus gehen, der alle seine Schafe verkaufen muss, weil der Pfeifer ihm doch die Pacht von den Wiesen gekündigt hatte. Und jetzt wissen wir auch, warum.« Wütend schüttelte Leonie den Kopf und puhlte an ihrem Fleisch herum.

Paula starrte sie eine Weile an und fragte dann ungeduldig:

»Ja, warum denn?«

»Ach so, das weißt du ja noch gar nicht.« Leonie blickte irritiert auf. »Hier soll ein Gewerbegebiet entstehen, und deshalb hat der Pfeifer wohl die Pachtverträge gekündigt und das ganze Land aufgekauft. Der hat das wohl schon eine Weile gewusst.«

Paula starrte Leonie an. Man hörte förmlich, wie es in ihrem Kopf ratterte.

»Na, wenn das mal nicht ein astreines Motiv ist«, murmelte sie dann vor sich hin.

»Wen hat der Pfeifer wohl noch übers Ohr gehauen? Den Möller haben wir schon überprüft, der lag bei seiner Frau im Bett.«

»Da kannst du bestimmt das halbe Dorf auf deine Liste schreiben«, sagte Marlis. »Der Pfeifer war auch bei uns vor ein paar Wochen, aber wir haben ihm gleich gesagt, dass die Leonie das Land selbst braucht. Ich kann mir aber gut vorstellen, dass einige ihr Land an den Pfeifer verschleudert haben und jetzt stinksauer sind.«

»Und was besonders interessant zu wissen wäre: Wer wusste vor einer Woche schon von den Gewerbegebietsplänen?«, murmelte Paula. »Dann werden wir uns wohl morgen noch einmal durch die Papierberge vom Pfeifer wühlen müssen. Ich hasse solchen Papierkram und werde schon beim Gedanken daran total müde.« Sie gähnte herzhaft.

»Bist du sicher, dass du davon müde bist?«, flüsterte Max und zwinkerte ihr verschwörerisch zu.

Paula verdrehte die Augen.

»Das ihr Männer euch immer so überschätzen müsst!« Paula boxte Max sanft in den Arm.

Jetzt fiel auch Leonie ins Gelächter mit ein, und Jan bekam prompt einen roten Kopf.

Nach dem Mittagessen verabschiedeten sich Max und Jan, nicht ohne sich artig bei Marlis und Oma Eri für das leckere Mahl bedankt zu haben. Paula und Leonie verbrachten den Nachmittag lümmelnd auf dem Sofa, schauten kitschige, alte Liebesfilme und ließen sich von Marlis und Oma Eri auch noch mit einem köstlichen Abendessen verwöhnen.

Später holte Max sie ab, und sie besuchten Jan in seiner kleinen Mietwohnung, die über dem Polizeiposten lag. Jan hatte einige Jahre als Barmann gearbeitet und verblüffte alle mit selbstgemachten Cocktail-Kreationen. Leonie schüttelte verwundert den Kopf. Das passte gar nicht zu Jan, so ein Sonnyboy-Image.

»Es muss ja nicht jeder gleich ein Tom Cruise sein, nur weil er Cocktails mixen kann«, meinte Jan grinsend und warf den Shaker gekonnt von einer Hand in die andere.

# 14. Kapitel

Montagmorgen saß Paula im Bett und hielt sich den brummenden Schädel. Neben ihr lag Max, die Decke war ihm vom Körper gerutscht, und Paula betrachtete seinen knackigen Hintern. Sie erinnerte sich daran, dass genau dieser Anblick das Erste gewesen war, was sie von Max gesehen hatte, seinen knackigen Po. Sie lächelte vor sich hin und strich zärtlich über seinen nackten Rücken. Ein wohliges Brummen war die Antwort.

»Ich muss in die Dienststelle«, flüsterte sie und drückte einen feuchten Kuss auf seinen Rücken.

»Mhm … warte, ich muss auch los«, murmelte Max und griff nach ihrer Hand. Er zog sie zurück ins Bett und schlug die Decke über sie.

»Nix da!«, lachte Paula und zuckte vor Schmerz kurz zusammen. »Ich hab so einen richtig schönen Kater«, stöhnte sie. »Wieso hast du mir den letzten Cocktail nicht weggenommen, der war eindeutig zu viel.«

»Ihr habt euch so gut amüsiert, da wollte ich nicht der Spielverderber sein, und außerdem bist du doch ein großes Mädchen und lässt dir von einem Typen nichts sagen, oder?«

»Na, auf so einen netten Typen höre ich schon mal«, nuschelte Paula und knabberte an Max' Ohrläppchen.

»Und was wird das jetzt bitte? Ich denke, du musst los.« Auch Max' Finger waren nicht untätig geblieben.

So ließ sich Paula doch noch überreden, ein wenig länger im

Bett zu bleiben. Eine halbe Stunde später strampelte sie energisch die Decke weg und schlüpfte wohl oder übel aus dem Bett. Stapelweise Akten warteten zur Durchsicht auf sie. Sie konnte Hase schlecht die ganze Arbeit allein machen lassen. Seufzend ging sie ins Bad und duschte heiß.

Pünktlich um neun Uhr saß Paula an ihrem Schreibtisch, wo schon der Laborbericht über den Abgleich der DNA an den Tatorten und Steffan Ullrichs DNA lag. Ullrich konnten die Ermittler als Täter ausschließen. Paula hatte auch nicht damit gerechnet, dass er der Täter war.

Sie informierte Hase und Tom über die Gemeinderatssitzung und den anstehenden Bau des Gewerbegebietes. Horst Pfeifers Spekulation mit Ackerland war im Moment ihre einzige Spur. Tom recherchierte im Internet noch über die Armbrustpfeile und tat sehr geheimnisvoll. Also nahmen Paula und Hase sich die fünf Kisten mit den Unterlagen Horst Pfeifers allein vor. Hase hatte die Kartons in einer Ecke ihres Büros gestapelt, nachdem er die Papiere letzte Woche gesichtet hatte. Zwar war nichts Brauchbares dabei herausgekommen, aber Paula wollte auf Nummer sicher gehen.

Drei Stunden lang sortierten und stapelten sie Verträge und Rechnungen, Gebührenbescheide und Mahnungen. Endlich waren die Kartons leer, und alle Papiere lagen in Stapeln geordnet auf ihren Schreibtischen. Erschöpft lehnte Hase sich auf seinem Stuhl zurück und griff nach seiner Brotbüchse. Ein durchdringender Geruch nach Leberwurst erfüllte schlagartig den Raum. Paulas Magen knurrte laut, und Hase hielt ihr eine Stulle hin.

»Nee, lass mal, wir bestellen Pizza, ja?«, fragend schaute sie zu Tom, der konzentriert auf seinen Bildschirm schaute.

»Mhm … ich nehme alles, was drauf geht«, murmelte er, ohne aufzublicken.

Paula zuckte mit den Schultern und griff zum Telefonhörer, um ihre Pizzas zu bestellen.

Als Paula von ihrer Raucherpause auf der Feuertreppe zurückkam, war ihre Bestellung bereits geliefert worden. Das rührte von ihrem Stammkunden-Bonus her. Gierig öffnete sie ihren Karton, nahm sich ein Stück Pizza, schlang die ersten Bissen hinunter und verbrannte sich den Mund.

»Ist die heiß ... sollte man nicht annehmen bei einer bestellten Pizza«, lispelte sie und streckte die Zunge zum Abkühlen heraus.

Plötzlich sprang Tom auf, so dass sein Stuhl krachend zu Boden fiel. Vor Schreck hätte Paula sich beinahe in die Zunge gebissen.

»Ich hab ihn«, tönte Tom.

»Du hast wen?«, nuschelte Paula.

»Den Armbrustpfeilekäufer!« Tief zog er die Luft in die Lunge und sein Brustkorb hob sich gewaltig, dann streckte er die Arme in die Luft, als ob er gerade einen Marathon gewonnen hätte.

Paula fechelte noch immer Luft auf ihre verbrannte Zunge und machte einen langen Hals, um auf Toms Bildschirm zu schauen. Der stellte sich demonstrativ davor und blickte seine Kollegen triumphierend an.

»Nun sag schon«, nörgelte Hase.

»Ja, mach es nicht so spannend. Rück raus mit der Sprache.«

»Man wird seinen Triumph ja noch ein paar Minuten auskosten dürfen«, maulte Tom. Offenbar trauten ihm seine Kollegen nicht zu, dass er die entscheidenden Informationen zur Aufklärung des Falles lieferte.

»Sag schon, was du herausgefunden hast«, meinte Paula versöhnlich und schob Tom seine Pizza vor die Nase.

»Ich hab den Täter, das ist alles.«

Paula und Hase starrten Tom an.

»Also, ich hab euch doch von meinen Recherchen bei den ganzen Internetvertrieben erzählt. Die habe ich alle um ihre Kundenlisten der letzten Monate gebeten, die ich dann nach und nach mit uns bekannten Namen abgeglichen hab, und eben ist mir ein Name aufgefallen. Wir haben ihn sogar schon befragt …« Tom fand Gefallen daran, ein Rätselspiel mit seinen Kollegen zu veranstalten.

Allerdings hatten Paula und Hase überhaupt keine Lust darauf. Genervt blickten sie ihren Kollegen an.

»Alles klar, ihr Spielverderber«, maulte Tom.

Eine Stunde später war das Haus des Verdächtigen von Polizei umstellt. Paula hatte um Verstärkung gebeten, und ein Dutzend Kollegen näherte sich langsam. Alle waren mit Schutzwesten und Helmen ausgestattet, was in Kleinroda nicht unbemerkt geblieben war. Schon hatten sich die ersten Zaungäste eingestellt, die von zwei Beamten weggeschickt wurden. Jetzt musste es schnell gehen, sonst hatten sie hier bald ein richtiges Volksfest. Paula wusste nur zu gut, wie schnell der Dorffunk Neuigkeiten verbreitete.

Dann ging es los. Die Kollegen stürmten das Haus, und von überall her hörte man ihre Rufe. Zwei Minuten später stand fest, dass der Vogel das Nest verlassen hatte.

Paula betrat das Schlafzimmer des Verdächtigen und bemerkte das Chaos. Offenbar hatte ihr Mann in aller Eile ein paar Sachen zusammengepackt und war geflüchtet. Enttäuscht blickte Paula sich um.

»So ein Mist. Woher wusste der, dass wir ihm auf die Schliche gekommen sind? Bis vor einer Stunde war der doch noch völlig unverdächtig.«

»Vielleicht hat er einfach Panik bekommen«, meinte Tom und lauschte plötzlich nach draußen. »Was ist denn da schon wieder los?«

Mit großen Schritten ging er zur Haustür. Was er sah, verschlug ihm die Sprache. Oma Däumelinchen drosch mit einem Regenschirm auf einen Beamten ein. Der Polizist, der nicht mit dem Angriff gerechnet hatte, steckte einen Schlag auf seinen behelmten Kopf ein. Ein zweiter Kollege sprang hinzu und versuchte die alte Frau zu stoppen. Die begann laut zu kreischen. Ein paar Schaulustige, die sich erneut vor dem Haus zusammengefunden hatten, eilten ihr zu Hilfe. Zwischen den Dörflern und den Beamten kam es zu einem Handgemenge.

Gleichzeitig schob sich Erika Pfeifer energisch an Tom vorbei ins Haus. Der war so perplex, dass er sie glatt durchließ.

»Wo ist der Mörder?«, schluchzte sie aufgebracht und stürmte in die Küche des Bauernhauses. Paula fing sie ab und hielt sie an den Schultern fest.

»So geht das aber nicht, Frau Pfeifer. Ich verstehe ja, dass Sie aufgebracht sind, aber das ist hier eine polizeiliche Ermittlung, die Sie massiv stören. Kommen Sie, ich bring Sie nach Hause. Ich hätte da eh noch einige Fragen an Sie.« Sanft schob sie die nun weinende Erika Pfeifer aus dem Haus. »Und du kümmerst dich um die da«, bat sie Tom und nickte in Richtung Hof.

Bernd Seifferts Mutter hatte sich ein wenig beruhigt und ließ sich von einer Beamtin in einen Dienstwagen setzen. Einige Dörfler stöberten auf dem Seiffert'schen Hof und in den Scheunen herum. Anscheinend wollten sie selbst nach Beweisen suchen. Als Tom das sah, schrie er laut auf und versuchte, die Leute vom Hof zu treiben. Erst mit Hilfe einiger Kollegen gelang es ihm, den Hof zu räumen.

Im Haus der Pfeifers angekommen, schob Paula die erschöpfte Frau Pfeifer in die Küche auf einen Stuhl und setzte Teewasser auf.

»Das ausgerechnet der Bernd uns so was angetan hat«, schluchzte Erika Pfeifer. »Und wieso hat er den Andreas umgebracht? Der Junge hat ihm doch nichts getan.«

»Leider wissen wir noch nichts Genaues, Frau Pfeifer. Es besteht aber der dringende Verdacht, dass der Bernd Seiffert Ihren Mann und Ihren Sohn ermordet hat. Wir vermuten, dass der Andreas den Bernd Seiffert beobachtet hat, als er die Tatwaffe in ihrer Scheune versteckt hat. Vielleicht hat er ihn dann erpressen wollen …«

Erika Pfeifer schluchzte in ihr Taschentuch und schnäuzte sich geräuschvoll.

»Haben Sie denn jemanden, der sich um Sie kümmert?«, fragte Paula besorgt.

»Meine Schwester ist aus Mallorca gekommen, die lebt seit zehn Jahren da und die kümmert sich im Moment um mich. Sie hilft mir mit den Tieren und dem Hof.« Erika Pfeifer beruhigte sich etwas und schlürfte den noch heißen Tee in kleinen Schlucken.

Paula spürte ihre schmerzende Zunge und verkniff sich den Tee.

»Wissen Sie vielleicht, wohin Ihr Nachbar gefahren sein kann? Hat er Verwandte oder Freunde, bei denen er unterschlüpfen könnte?«

»Der Bernd und seine Mutter waren ganz alleine. Warum hat er das bloß gemacht?«

»Ich glaube, Ihr Mann hatte ihm sein Land abgekauft, und dann hat Bernd Seiffert wohl erfahren, dass das Land viel mehr wert war, als er bekommen hat.«

»Ja, der Horst war ein schlechter Mensch, aber dass er mir auch den Andreas genommen hat, verzeih ich dem Bernd nie.« Erika Pfeifer stand auf. »Ich verkauf hier alles und ziehe zu meiner Schwester«, murmelte sie und blickte ins Leere.

In diesem Augenblick betrat eine Frau die Küche, die sich als Erika Pfeifers Schwester vorstellte.

Paula verabschiedete sich und überließ Frau Pfeifer in der Obhut ihrer Schwester.

Die Fahndung nach Bernd Seiffert wurde eingeleitet. Nachdem zwei Beamte am Wohnhaus postiert waren, fuhren Paula und Tom nach Jena auf die Dienststelle. Der Staatsanwalt und der Leiter der KPI warteten schon auf den Bericht der Ermittler, so dass sie sich unverzüglich ins Büro des Chefs begaben.

Sie erläuterten Bernd Seifferts Motiv und dass er als Nachbar natürlich die Gelegenheit gehabt hatte, die Tatwaffe im Hof des Opfers zu verstecken, um den Sohn zu belasten. Andreas Pfeifer hatte jahrelang auf alle möglichen Arten Seifferts Tiere gequält, hatten sie von Frau Seiffert erfahren. Horst Pfeifer musste für den Betrug am Landverkauf büßen und Andreas für die Tierquälerei. Was aber genau vor sich gegangen war, würden sie erst von Bernd Seiffert erfahren, sobald sie seiner habhaft geworden waren.

Ihnen blieb jetzt nur noch übrig zu warten, bis der Verdächtige ihnen ins Netz ging.

# 15. Kapitel

Es war unbefriedigend, im Büro zu sitzen und auf die Festnahme von Bernd Seiffert zu warten. Vor lauter Langeweile waren Paula und Tom den ganzen gestrigen Tag in Kleinroda unterwegs gewesen und hatten die Einwohner nach möglichen Verstecken von Bernd Seiffert befragt. Aber ihr mutmaßlicher Täter war ein regelrechter Einsiedler.

»Kein Wunder, dass der so frustriert war«, meinte Paula. »Der hat ja gar keine Freunde, nur seine Mutter, und die hat ihm, glaube ich, auch noch zugesetzt.«

»Mhm … ist schon 'ne arme Socke«, stimmte Tom ihr zu, »aber deshalb muss man ja nicht gleich zum Mörder werden.«

Versonnen nickten beide vor sich hin.

»Sag mal, hat sich eigentlich dein Förster bei dir gemeldet?«, fragte Tom grinsend.

»Das ist nicht mein Förster. Und nein, im Moment ist Funkstille«, sagte Paula und zog die Stirn kraus. »Aber du hast recht. Ehe wir hier rumsitzen, machen wir lieber nachher einen Ausflug in den Wald.« Vor lauter Vorfreude ruckelte sie auf ihrem Stuhl herum.

Als ob der Förster Gedanken lesen konnte, betrat ebendieser Sekunden später das Dienstzimmer.

»Kommen Sie schnell, Frau Kommissarin, es tut sich was«, sagte er außer Atem.

Paula sah ihn überrascht an.

»Was genau tut sich denn bei Ihnen?«, fragte sie verwirrt.

Tom konnte sich ein Kichern nicht verkneifen, ließ es aber schnell wie ein Hüsteln klingen.

»Na, die Holzdiebe haben wieder zugeschlagen«, blaffte Hannes König. »Kommen Sie jetzt, oder was?«

»Nun mal bitte der Reihe nach«, versuchte Paula zu beschwichtigen. »Der Ullrich sitzt doch längst in Untersuchungshaft.«

»Dann gibt es wohl mehr als einen Dieb, oder meinen Sie, das Holz bewegt sich von alleine durch die Gegend?« Hannes König holte einen Laptop aus einem Beutel, knallte ihn auf Paulas Schreibtisch und wartete ungeduldig, bis er hochfuhr und sich ein Programm öffnete, das einen kleinen roten Punkt auf einer Straßenkarte zeigte.

Interessiert kamen Tom und Hase dazu. Eine Weile schauten sie fasziniert dem Punkt beim Vorwärtskriechen zu.

»Sehr hübsch«, sagte schließlich Paula, »wenn Sie uns dann noch erzählen könnten, was genau wir da sehen.«

Die Männer blickten sich mit diesem »Typisch Frau, versteht wieder mal gar nix«-Blick an.

»Ich habe sämtliche Holzstapel mit Sendern versehen«, begann Hannes König zu erklären, »und wenn ein präparierter Stamm bewegt wird, aktiviert er einen Bewegungssensor. Der gibt dann an mich eine Warnmeldung und überträgt die genauen Positionsdaten an meine Mailadresse.«

»Cool«, hauchte Tom begeistert. »Und das merken die nicht, dass da Sender dran sind?«, fragte er ungläubig.

»Der Sender ist so klein, den kann man unter der Rinde oder sogar in gespaltenen Holzscheiten einbauen«, antwortete der Förster mit Stolz in der Stimme. »Nach den letzten Diebstählen hab ich einen Satz Sender beantragt und vorige Woche endlich genehmigt bekommen.«

»Und jetzt brauchen wir nur noch dem Signal zu folgen, um

die Diebe auf frischer Tat zu erwischen.« Begeisterung schwang in Hases Stimme.

Zweifelnd schauten sich Tom und Paula an.

»Du willst mit?«, fragte Tom ungläubig.

»Das lass ich mir doch nicht entgehen«, meinte Hase euphorisch, »das ist doch fast wie ein Computerspiel, nur eben mit echten Bösewichten.« Schon griff er nach seiner Jacke und tippelte ungeduldig herum.

»Ich fahre!« Paula grapschte sich den Schlüssel des neu bewilligten Geländewagens und grinste Tom breit an.

Tom zuckte mit den Schultern. Dann konnte er auf dem Laptop die Route der Holzdiebe verfolgen, überlegte er.

Ein paar Minuten später saßen sie zu viert im Wagen. Tom war sauer, weil Hannes König sich auf dem Beifahrersitz breitgemacht hatte und seinen Laptop nicht aus den Händen gab, während er selbst sich mit Hase auf die Rückbank quetschen musste. Na ja, eigentlich saß nur er gequetscht, da der kleine zierliche Hase reichlich Platz hatte.

Der Holztransporter hatte eine gute halbe Stunde Vorsprung und war gerade auf die A9 in Richtung Süden aufgefahren, aber Paula war sich sicher, ihn bald einzuholen.

Eine Stunde später ächzte und stöhnte Tom auf seinem Sitz herum.

»Mir sind hier hinten die Beine eingeschlafen, ich brauch mal eine Pause. Vielleicht könnten wir dann auch mal die Plätze tauschen?«, murrte er.

»Wir sind fast dran«, meinte Hannes König und starrte weiter auf den roten Punkt auf seinem Rechner.

»Und wenn schon, das kann noch stundenlang so weitergehen. Außerdem müssen wir sowieso abwarten, um zu sehen, wohin er seine Ladung bringt. Ihn hier zu stoppen, ergibt keinen Sinn.« Tom hatte die Nase voll, er setzte sich jetzt nach vorn. Schließlich war er der Polizist, und nicht dieser Förster.

An der nächsten Raststätte tauschten Hannes König und er die Plätze. Nun quetschte der Förster seine langen Beine hinter den Beifahrersitz. Den Laptop hatte er aber nicht hergegeben, sehr zur Freude von Hase, der an Hannes König heranrückte, um bessere Sicht auf den Bildschirm zu haben.

Nach fast einer weiteren Stunde blinkte der rote Punkt nur noch auf der Stelle. In der Nähe des Ochsenkopfes im Fichtelgebirge war der Transport offenbar am Ziel. Flink ermittelte Hase im Internet ein kleines privat betriebenes Sägewerk in der Gegend.

»Das muss es sein«, meinte er stolz und gab Hannes König seinen Rechner zurück.

»Dann lasst uns den Laden mal hochnehmen«, trompete Tom, froh, dass die Verfolgung bald vorbei war.

Da sie bestens mit satellitengesteuerter Technik ausgerüstet waren, hatten sie das Sägewerk bald gefunden. Paula fuhr langsam auf den Hof. Überall lagen meterhohe Bretterstapel, und riesige Container voller Brennholz versperrten ihr die Sicht.

Paula parkte neben einem Container. Als sie ausstiegen, erklang Vogelgezwitscher, und der Geruch von frisch gesägtem Holz ließ alle tief durchatmen. Sie blickten sich um, konnten aber weder einen Holztransporter noch irgendeine Menschenseele entdecken. Plötzlich zerriss das Kreischen einer Säge die Ruhe.

»Ich koordiniere die Suche vom Auto aus«, sagte Hase panisch und stieg schnell zurück in den Dienstwagen.

Tom und Paula grinsten sich an und machten sich gemeinsam mit Hannes König auf die Suche nach dem Geschäftsführer. Bei der kreischenden Säge würden sie zumindest einen Sägewerksarbeiter antreffen. An einer kleinen Lagerhalle bogen sie um die Ecke und standen unverhofft vor einem Holztransporter. Durch die Frontscheibe erkannten sie, dass jemand im Führerhaus saß.

»Bingo«, sagte Hannes König.

Paula trat an die Lkw-Tür, klopfte und forderte den Fahrer mit gezückter Dienstmarke auf auszusteigen. Einen Augenblick lang geschah gar nichts. Paula blickte zu Tom und zuckte mit den Schultern. In diesem Moment sprang die Fahrertür auf und knallte mit voller Wucht an Paulas Kopf. Sie ging sofort zu Boden und rührte sich nicht mehr.

Tom sprang entsetzt zu ihr und zückte gleichzeitig seine Dienstwaffe. Ohne den Blick vom Lkw-Fahrer, der an der offenen Tür des Transporters stand, zu nehmen, vergewisserte er sich, dass Paula atmete. In seinem dröhnenden Bass befahl er dem Fahrer, langsam auszusteigen. Mit erhobenen Händen schob sich der Fahrer vorwärts die Treppe hinunter. Wütend packte Tom zu, knallte den Fahrer gegen den Lkw und fixierte seine Arme auf dem Rücken, um ihm Handschellen anzulegen. Besorgt blickte er kurz auf Paula, die stöhnend aufwachte. Plötzlich krachte ein Brett auf Toms Hinterkopf. Wie ein gefällter Baum stürzte er zu Boden.

Hannes König beobachtete die Szene wie in Trance. Er hatte die ganze Zeit wie versteinert dagestanden. Selbst als ein zweiter Mann sich plötzlich um das Führerhaus herum anschlich und Tom mit einem Holzbrett von hinten auf den Kopf schlug, war er nicht aus seiner Starre erwacht, um Tom zu helfen.

Die beiden Lkw-Fahrer schauten Hannes König frech an und rannten an ihm vorbei zum Dienstwagen. Sie stiegen ins Auto und rasten mit quietschenden Reifen davon.

»Scheiße, scheiße, scheiße …«, fluchte Paula, deren Lebensgeister wieder erwacht waren, und hielt sich den brummenden Schädel. Wieso hatte sie den Schlüssel stecken lassen? Dann fiel ihr Blick auf Tom. Sein Kopf blutete. Schnell streifte sie ihre Jacke ab und zog ihr T-Shirt aus, um es auf Toms klaffende Kopfwunde zu pressen.

»Jetzt steh da nicht so blöde rum«, raunzte sie Hannes König an.

König erwachte endlich aus seiner Starre, lief zu ihr und kniete sich neben sie. Paula drückte seine Hand auf das T-Shirt und zog schnell ihre Lederjacke über, da sie nur im BH dasaß. Dann holte sie ihr Handy aus der Tasche, forderte einen Rettungswagen und Verstärkung an und informierte die Kollegen über den gestohlenen Dienstwagen mit den Flüchtigen.

Hase fiel ihr wieder ein. Der Kollege hatte auf der Rückbank des Dienstwagens gesessen. Hoffentlich passierte ihm nichts. Was hatte er auch dieses Mal mit auf den Einsatz kommen wollen, er drückte sich doch sonst immer davor, dachte Paula mehr besorgt als verärgert.

In diesem Augenblick sah Paula, wie der Dienstwagen langsam aus dem Wald auf das Sägewerksgelände fuhr und anhielt. Panisch löste sie ihre Dienstwaffe aus dem Holster, als sich auch schon die Fahrertür öffnete. Schützend stellte sie sich vor Tom und Hannes König.

»Polizei, kommen Sie mit erhobenen Händen langsam aus dem Wagen«, brüllte sie aus Leibeskräften. Die Sonne blendete ihre Augen. Ihr Geschrei machte ihr Mut und den anderen hoffentlich Angst.

»Immer langsam mit den jungen Pferden, Kollegin«, hörte sie Hase kichern. »Ich hab hier alles unter Kontrolle, nimm die Waffe runter, sonst erschießt du mich noch aus Versehen.«

Erleichtert blickte Paula auf Hase. Wie hatte ihr schmächtiger Kollege es geschafft, die Holzdiebe auszuschalten? Nie wieder würde sie sich über ihn lustig machen, nahm sie sich feierlich vor. Sie trat einen Schritt auf Hase zu und küsste ihn auf die Wange. Das war nun doch ein wenig viel für Hase. Er stolperte und wäre beinahe über Tom gefallen, wenn Hannes König ihn nicht aufgefangen hätte.

Tom erwachte erst im Krankenhaus. Die tiefe Platzwunde am Hinterkopf hatte genäht werden müssen. Nun lag er mit einem großen Verband um den Kopf gewickelt wie ein indischer Sultan im Krankenhausbett und ließ sich verwöhnen. Die Krankenschwestern hatte er schon um den Finger gewickelt.

Paula schüttelte scheinbar missbilligend den Kopf. Selbst auf dem Sterbebett würde Tom die Frauen noch reihenweise becircen. Doch innerlich war sie heilfroh, dass es Tom wieder besser ging.

Auch Hase war mitgekommen und knetete einen welken Strauß Tulpen in den Händen. Krankenhäuser waren ihm ein Gräuel.

»Mensch, Hase, in dir steckt ja ein richtiger Kerl«, lachte Tom und nahm ihm die zermatschten Blumen ab.

»Na, hör mal«, meinte Hase ein wenig pikiert. »Nur weil ich nicht gerne auf Außeneinsatz gehe, heißt das nicht, dass ich es nicht drauf habe.«

»Genau«, sagte Paula und warf Tom einen vorwurfsvollen Blick zu.

»So hab ich das ja nicht gemeint. War echt 'ne klasse Leistung«, entschuldigte sich Tom. »Erzähl mal, wie du die Kerle dingfest gemacht hast.«

Hase räusperte sich ausgiebig, setzte sich halb auf Toms Bett und genoss sichtlich das Interesse seiner Kollegen.

»Also, ich hab hinten auf der Rückbank gesessen und mich schnell nach unten gebeugt, als die beiden Kerle eingestiegen sind. Dann hab ich ganz langsam nach meiner Dienstwaffe gegriffen und sie dem Beifahrer über den Schädel gezogen. Der war erst einmal ausgeknockt. Dann hab ich blitzschnell dem Fahrer die Waffe an den Kopf gehalten. Der war so erschrocken, dass er lammfromm meinen Anweisungen gefolgt ist und zurückgefahren ist.«

»Wahnsinn …«, keuchte Tom. »Ich denke, du hast dir ein Paar Cowboystiefel verdient.«

Paula prustete los, als sie sich Hase in knallig roten Cowboystiefeln vorstellte. Die beiden Männer jedoch blickten sich fest und stolz an, und Hase nickte feierlich.

Da Paula von dem Schlag der Lkw-Tür noch der Kopf brummte, verabschiedete sie sich kurze Zeit später und beschloss, sich von Max pflegen zu lassen. Erst könnte er sich um ihr langsam immer blauer werdendes Auge kümmern und dann um den Rest.

# 16. Kapitel

Paula fiel wieder einmal die Decke auf den Kopf. Seit Tagen fahndeten sie nun schon nach Bernd Seiffert. Seit er nach der Gemeinderatssitzung verschwunden war, fehlte jede Spur von ihm. Sie beschloss daher, ihren Vorsatz, öfter mal in den Wald zu gehen, in die Tat umzusetzen. Heute würde sie Leonie bei einem Ausritt begleiten. Der große brave Wallach Bruno stand gesattelt bereit, und Paula schwang sich elegant in den Westernsattel. Leonie saß bereits auf ihrer Stute Lena.

»Kann es losgehen?« Leonie strahlte sie an.

»Ich bin bereit, lass uns die Welt auf dem Rücken der Pferde erobern«, alberte Paula herum und drückte Bruno leicht die Hacken in die Seiten.

Brav trottete Bruno los.

»Yippie …«, kreischte Paula gutgelaunt.

Bruno ließ sich davon nicht aus der Ruhe bringen. Er kannte seine zappelige Reiterin mittlerweile und ertrug sie mit stoischer Gelassenheit.

Leonie freute sich über ihre ausgelassene Freundin und folgte den beiden. Es war ein kalter, aber sonniger Tag, und die Waldwege waren leicht angefroren. Bei jedem Schritt knirschten die Hufe auf dem Raureif.

Paula wollte Leonie heute von ihrem Entschluss erzählen, wieder zur Kripo nach Jena zu gehen. Sie fürchtete sich ein wenig davor. Wie würde Leonie reagieren? Sie räusperte sich und ließ

Bruno dann auf Leonies Höhe zurückfallen. Nun ritten sie Seite an Seite durch den Wald.

»Sag mal, wie würdest du es finden, wenn ich wieder nach Jena gehen würde?«, fragte sie leise.

»Du willst den Polizeiposten aufgeben?« Mit großen Augen starrte Leonie sie an.

»Na ja … ich könnte … also, ich würde gerne … aber nur, wenn du nicht sauer bist …«. Niedergeschlagen blickte Paula ihre Freundin an.

Leonie schüttelte entrüstet den Kopf, konnte ihre gespielte Empörung aber nicht lange aufrechterhalten. Sie gackerte los und boxte Paula in den Arm.

»Hast du echt geglaubt, ich wüsste noch nichts von deinen Plänen? Ich bin schließlich deine beste Freundin und kenne dich schon ewig, da wird mir ja wohl auffallen, dass du dich hier zu Tode langweilst.«

»Und du bist echt nicht sauer?« Paula atmete auf.

»Wieso sollte ich denn sauer sein, du lässt mir doch den Jan da, oder?« Leonie zwinkerte ihr zu.

Dann gab sie ihrer Stute einen leichten Druck mit den Schenkeln und setzte an Paula vorbei. Erleichtert folgte Paula mit Bruno im Trab, und auch der anschließende Galopp klappte ohne Probleme. Vorbei am Observatorium ritten sie in Richtung des Aussichtspunktes Zietschkuppe, da Leonie ihrer Freundin den tollen Ausblick auf die Gleistalhänge zeigen wollte.

Leonie war ein ganzes Stück vorausgeritten, und eine Kurve verstellte Paula den Blick, als sie ein erschrockenes Schnauben hörte, gefolgt von einem spitzen Schrei. Paula feuerte Bruno an, aber der Wallach lief sein eigenes Tempo und ließ sich von seiner aufgeregten Reiterin nicht beirren. Endlich kamen sie um die Kurve. Paula sah ihre Freundin auf dem Boden liegen. Sie hielt sich das Handgelenk und starrte ihre Stute an. Ausgerechnet Bernd

Seiffert versuchte auf Leonies Stute zu steigen. Lena tänzelte unruhig im Kreis, und Bernd Seiffert, mit einem Bein im Steigbügel und die Hände am Sattel festgekrallt, hüpfte dem Pferd hinterher.

Nur noch wenige Meter trennten Paula von ihnen. Mit einem verzweifelten, gewaltigen Sprung gelang es Bernd Seiffert, auf die Stute zu steigen. Sofort haute er die Hacken in das Pferd und stürmte davon.

»Bist du in Ordnung?«, rief Paula und zog an den Zügeln.

»Ja, nur mein Handgelenk hat was abgekommen. Ist bestimmt nur verstaucht.«

Wütend starrte Paula dem Flüchtenden hinterher, dann gab sie Leonie Anweisung, den Rettungswagen und die Kripo anzurufen. Leonie schaute sie fragend an.

»Den hol ich mir!«, sagte Paula entschlossen.

Sie kickte ihre Hacken energisch in die Flanken von Bruno, der erschrocken einen Satz nach vorn machte. Der Wallach spürte, dass er nun nicht mehr mit seinem Zuckelgalopp durchkommen würde, und ließ sich von Paula zu Höchstleistungen antreiben. Minutenlang preschten sie auf dem Waldweg dahin.

»Hopp, hopp, hopp, Mörder lauf Galopp«, murmelte Paula mit zusammengebissenen Zähnen.

Leonies Stute war an fremde Reiter nicht gewöhnt, schon gar nicht an so unsensible Hände, die an der Trense in ihrem Maul zerrten, und Hacken, die brutal auf sie eintraten. Sie buckelte vorsichtig, als müsste sie erst ausprobieren, wie das geht. Doch als die Stiefel ihres Reiters immer brutaler auf sie eintraten, begann ein wahres Rodeo-Spektakel.

Bernd Seiffert hielt sich zwar recht gut im Sattel und glaubte, den Frauen entwischen zu können, aber er war eben kein Cowboy. Er krallte sich an der Mähne des Pferdes fest, hielt die Stöße aber nicht lange aus. Mit einem gewaltigen Satz flog er vom Pferd. Paula hatte bis auf wenige Meter aufgeholt und musste Bruno nun heftig abbremsen, damit dieser nicht über den am Boden liegenden Seiffert stolperte. Schnell sprang sie vom Pferd, drehte Bernd Seiffert auf den Bauch und riss seine Hände nach hinten. Er schrie auf vor Schmerz, aber das war Paula egal. Sie sah sich um. Ihr Blick fiel auf Brunos Zügel.

»Super Bruno, ich leih mir mal einen Zügel aus.« Sie klickte den Zügel aus der Pferdetrense und fesselte den Mann unter ihr geschickt. »Wir sind echt ein gutes Team«, lobte sie das Pferd und vergrub ihre Nase in seiner Mähne. »Und ich komme dich auf alle Fälle regelmäßig besuchen«, murmelte sie erleichtert.

Im Vernehmungsraum schwieg Bernd Seiffert beharrlich. Es würde ihm nichts nutzen. Seine Fingerabdrücke waren an beiden Tatorten gesichert worden, und dank Toms Recherchen war ihm auch der Kauf von Spezialpfeilen für die Armbrust nachgewiesen worden. Nachdem alle belastenden Indizien auf dem Tisch waren, knickte Bernd Seiffert endlich ein.

Dass Andreas Pfeifer ihn beim Verstecken der Tatwaffe beobachtet und anschließend erpresst hatte, war dem jungen Mann zum Verhängnis geworden. Erst hätte Bernd Seiffert nicht vorgehabt, den Jungen zu töten, aber als dieser frech eine Unsumme Geld für sein Schweigen gefordert hatte, wäre der ganze aufgestaute Hass in ihm hochgekommen. All die kleineren und größeren Quälereien seiner Hunde, Katzen und Hühner waren ihm eingefallen und dass er Andreas nie die Verstümmelung seiner Tiere hatte nachweisen können. Horst Pfeifer hatte ihn vom Hof gejagt wie einen räudigen Hund, wenn er mit seinen Beschwerden zu ihm gekommen war. Er hatte seine Hände um Andreas' Hals gelegt, zugedrückt und nicht aufgehört, bis Andreas leblos auf den Boden des Hochstandes gesunken war. Um es wie Selbstmord aussehen zu lassen, hätte er das Abschleppseil aus seinem Wagen geholt und Andreas damit an den Hochsitz gehängt.

Paula brauchte kaum eine Frage zu stellen, es sprudelte förmlich aus Seiffert heraus. Sie erwähnte Horst Pfeifer, und Seiffert schilderte beinahe stolz, wie er ihn umgebracht hatte.

»Die Armbrust hab ich schon Wochen vorher gestohlen, als ich den Andreas im Wald zufällig bei Schießübungen beobachtet habe. Da der Pfeiferbursche die Waffe auf dem alten, nicht mehr genutzten Hochstand versteckt hat, hab ich sie mir später einfach genommen. Und da ist mir auch zum ersten Mal der Gedanke gekommen, den alten Pfeifer damit zu töten«, erzählte Bernd Seiffert gleichgültig, ohne Emotionen zu zeigen.

Paula musste sich sehr beherrschen, um nicht aufzuspringen, ihn am Kragen zu packen und kräftig durchzuschütteln. Beinahe gelangweilt erklärte er, wie er vorgehabt hatte, Andreas den Mord in die Schuhe zu schieben. Er hatte nur die Waffe auf dem Pfeifer'schen Hof zu verstecken brauchen, dann wäre er beide mit einem Schlag los gewesen. Der alte Pfeifer hatte den Vertrag nicht mehr beim Notar hinterlegen können, und auf ihn wäre kein Verdacht gefallen.

»Es ging also tatsächlich um den Kaufvertrag?«, fragte Paula nach.

»Zwei Tage, nachdem ich dem Horst mein Land verkauft habe, war ich zufällig im Gemeindebüro«, sagte Bernd Seiffert resigniert. »Ich wollte nur gelbe Säcke holen. Die Tür zum Sekretariat stand offen. Da hab ich dann gehört, wie die sich da drinnen über das neue Gewerbegebiet unterhalten haben und dass sich da wohl mancheiner eine goldene Nase dran verdienen wird. Da hab ich gewusst, warum der Pfeifer so scharf auf mein Land gewesen ist.«

Wütend nickte Bernd Seiffert vor sich hin und vertiefte sich in seine Gedanken. Erst als Paula ihn an der Schulter rüttelte, erzählte er weiter. Er berichtete sachlich von der Schlagkraft der Pfeile, die nicht ausgereicht hätte, um einen Mann zu töten. Zur

Probe hätte er mehrere Pfeile, unter anderem auch auf Leonies Pferde, verschossen, und dies dabei festgestellt. Die Pfeile wären zwar eingedrungen, aber die Spitzen wären einfach nicht scharf genug gewesen, um tödlich zu sein. Das Internet war ihm als der unauffälligste Weg erschienen, um an schärfere Pfeile zu kommen.

Und dann hätte ihm der Zufall noch einmal in die Hand gespielt, es war wie ein Wink des Schicksals gewesen. Die Bürgerwehr, die durch seine Schüsse auf die Pferde aufgestellt worden war, hätte Horst Pfeifer in sein Visier gelockt. Besser hätte er es nicht planen können. Ein freudloses Grinsen verzerrte sein Gesicht, und Paula schluckte hart.

»Der alte Pfeifer hat immer gewusst, dass sein Sohn ein Tierquäler ist, und hat ihn jedes Mal grün und blau geschlagen, deshalb war der auch beim Anschlag auf die Pferde fest davon überzeugt, dass sein Sohn dahintersteckt. Der wollte den Andreas aufhalten, sonst hätte der nie bei der Überwachung der Wiesen mitgemacht.« Bernd Seiffert blickte Paula trotzig an.

Dann erzählte er beinahe stolz, wie er seinem Nachbarn das Leben ausgehaucht hatte. Ganz allein hätte Horst Pfeifer auf der Wiese gestanden und nur kurz gekrächzt, als ihn der erste Pfeil getroffen hatte, beim zweiten wäre er bereits tot zu Boden gesunken. Unruhig rutschte Seiffert auf dem Stuhl im Verhörzimmer, und seine Stimme wurde wütend. Zuerst wäre alles nach Plan gelaufen, aber als bei der Gemeinderatsitzung dann der Schäfer laut herausposaunt hatte, dass er den Kaufvertrag gesehen hätte, wäre es ihm zu heiß in Kleinroda geworden. Er hätte sich im Wald in einer winzigen Hütte versteckt und abgewartet. Gerade als er auf seinen Hof schleichen wollte, um der Mutter Bescheid zu geben und ein paar Lebensmittel zu holen, wäre die Polizei auf den Hof gestürmt. Aus der Ferne hätte er entsetzt zugesehen, wie die halbe Dorfbevölkerung sich an der Suche nach ihm beteiligt hatte.

»Ich bin dann einfach wieder zurück in den Wald. Wo sollte ich auch hin?«

Erschöpft lehnte Bernd Seiffert sich im Stuhl zurück und verschränkte die Arme vor der Brust. Er war mit seinem Geständnis am Ende.

Auch Paula war am Ende ihrer Kraft. All diese Grausamkeiten zu hören und die Kälte, mit der Seiffert die Taten geschildert hatte, bereiteten ihr eine Gänsehaut. Keine Spur von Reue lag in seiner Stimme. Paula war froh, dass dieser Mann für viele Jahre hinter Gitter gehen würde, leid tat ihr nur seine Mutter, die nun allein und geächtet in Kleinroda bleiben musste.

Plötzlich hob sich ihre Stimmung wieder. Sie musste nicht in Kleinroda bleiben. Der Leiter der Kripo Jena hatte ihr ihren alten Posten angeboten, und Paula hatte zugesagt. Nächsten Monat würde sie wieder in Jena ermitteln.

# STOLZ, VORURTEIL UND SCHULD

Christine Sylvester
**Adel verzichtet**
Ein Dresden-Krimi
Kökkenmöddingers
zweiter Fall

192 Seiten, Broschur
9,99 €
ISBN 978-3-95958-042-7

Kökkenmöddinger, Taxi fahrender Philosoph, soll als Privatchauffeur Gräfin von Gundermark Dresden zeigen. Auftraggeber ist ihr Sohn. Der Antiquitätenhändler hat vermeintlich geschäftlich in der Stadt zu tun und möchte seine anspruchsvolle Mutter umsorgt wissen. Kökkenmöddinger hat ein volles Programm: Elbschlösser, Frauenkirche, Semperoper ... Als eine Serie von Schmuckrauben Nobelhotels und Juweliere in Dresden erschüttert, beschleicht Kökkenmöddinger eine böse Ahnung ... Ein atemberaubendes Katz- und Mausspiel!

BILD UND HEIMAT

**www.bild-und-heimat.de**